Bian

DESEO MEDITERRÁNEO

Miranda Lee

Editado por Harlequin Ibérica.
Una división de HarperCollins Ibérica, S.A.
Núñez de Balboa, 56
28001 Madrid

Deseo mediterráneo, n.º 2682 - 20.2.19
Título original: The Italian's Unexpected Love-Child
Publicada originalmente por Harlequin Enterprises, Ltd.

I.S.B.N.: 978-84-1307-367-5
Depósito legal: M-39159-2018
Impresión en CPI (Barcelona)
Fecha impresion para Argentina: 19.8.19
Distribuidor exclusivo para España: LOGISTA
Distribuidor para México: Distibuidora Intermex, S.A. de C.V.
Distribuidores para Argentina: Interior, DGP, S.A. Alvarado 2118.
Cap. Fed./Buenos Aires y Gran Buenos Aires, VACCARO HNOS.

Este libro ha sido impreso con papel procedente de fuentes certificadas según el estándar FSC, para asegurar una gestión responsable de los bosques.

Prólogo

LAURENCE sacudió la cabeza mientras leía el informe del detective por segunda vez. Se sentía frustrado y decepcionado. Había dado por hecho que su hija ya estaría casada a esas alturas. Casada, y con hijos. Tenía veintiocho años y era una belleza. Una verdadera belleza.

Estudió la fotografía que había en el informe y se sintió orgulloso de que sus genes hubiesen creado una criatura tan bella. Bella, pero sin hijos.

¡Qué desperdicio!

Suspiró y volvió a leer el informe.

Veronica había estado prometida tres años antes con un médico al que había conocido en el hospital infantil en el que trabajaba. Ella era fisioterapeuta y su prometido había sido cirujano ortopedista, pero este había fallecido trágicamente en un accidente de moto dos semanas antes de la boda. Desde entonces, que él supiera, Veronica no había salido con nadie. Ni siquiera parecía que tuviese muchos amigos. Se había convertido en una persona solitaria, que seguía viviendo con su madre y que, prácticamente, dedicaba toda su vida a su profesión que, en esos momentos, ejercía en casa.

Laurence comprendía su dolor. Él también se había quedado destrozado con la muerte de su esposa varios años atrás. Ambos habían imaginado que algún día sufriría cáncer, debido a su historia familiar, pero había sido un infarto lo que se la había llevado tras cuarenta años de matrimonio. Él se había encerrado en sí mismo durante mucho tiempo, se había mudado a la casa de vacaciones que tenía en la isla de Capri y no había vuelto a mirar a otra mujer, pero aquello le había ocurrido con setenta y dos años, no a la edad de su hija, que seguía siendo muy joven.

Pero Veronica no sería joven siempre, su reloj biológico no iba a esperar.

Él sabía mucho de eso porque era médico genetista, por eso había donado su esperma a la madre de Veronica, lo había hecho más por arrogancia que por cualquier otro motivo, porque no había querido irse a la tumba sin transmitir a nadie sus maravillosos genes.

Laurence sacudió la cabeza, se sentía culpable. Pensó que tenía que haberse puesto en contacto con su hija después de la muerte de Ruth. Y que tenía que haber estado a su lado cuando ella había perdido a su prometido.

Pero ya era demasiado tarde.

Él también se estaba muriendo, irónicamente, de cáncer. De cáncer de hígado. Ya no se podía hacer nada. El pronóstico no era bueno y toda la culpa era suya. Tras la muerte de Ruth, había empezado a beber demasiado.

–He llamado a la puerta –le advirtió una voz masculina–, pero no me has oído.

Laurence levantó la vista y sonrió.

–¡Leonardo! Cuánto me alegro de verte. ¿Qué haces por aquí tan pronto?

–Mañana es el setenta y cinco cumpleaños de papá –comentó Leonardo mientras entraba en la terraza y se sentaba al sol del atardecer, que hacía brillar el mar

Mediterráneo–. *Dio*, Laurence. Eres muy afortunado de tener estas vistas.

Laurence miró a Leonardo y pensó que era muy guapo. Y que estaba lleno de vida. Era normal, solo tenía treinta y dos años y era un hombre con múltiples talentos, al que cualquier mujer encontraría fascinante e irresistible.

Aquello le dio una idea.

–Mi madre me ha dicho que te ha invitado a la fiesta, pero que no vas a venir. Al parecer, te marchas mañana a Inglaterra, al médico.

–Eso es –le confirmó Laurence mientras cerraba el informe para que Leonardo no lo viera–. Mi hígado no está bien.

–Estás un poco amarillo. ¿Es grave?

Laurence se encogió de hombros.

–A mi edad, todo es grave. ¿Has venido a jugar al ajedrez y a escuchar música decente, o a intentar comprarme la casa otra vez?

Leonardo se echó a reír.

–¿Podemos hacer las tres cosas?

–Puedes intentarlo, pero ya sabes que la casa no está en venta. Podrás comprarla cuando me muera.

Leonardo lo miró con sorpresa y se puso serio, algo poco habitual en él.

–Espero tardar muchos años, amigo mío.

–Eso es muy amable por tu parte. ¿Abro una botella de vino o no? –preguntó Laurence, poniéndose en pie con el informe en la mano.

–¿Estás seguro de que es lo más sensato, dadas las circunstancias?

Laurence sonrió con amargura.

–No pienso que una copa o dos vaya a cambiar nada a estas alturas.

Capítulo 1

VERONICA sonrió mientras acompañaba a su último cliente a la puerta. Duncan tenía ochenta y cuatro años, y novia, a pesar de su terrible ciática, pero no era de los que se quejaban.

–Hasta la semana que viene, Duncan.

–La semana que viene no podré venir, cielo. Me haces mucho bien, pero mi nieta cumple veintiún años y voy a ir a Brisbane a la fiesta. He pensado quedarme allí una semana o dos en casa de mi hijo. Allí hace mejor temperatura. Ya te llamaré cuando vuelva.

–De acuerdo, pásalo bien, Duncan.

Lo vio alejarse hacia su casa. La mayoría de sus pacientes eran personas mayores que vivían por la zona, aunque también trataba a estudiantes de la universidad de Sídney. Sobre todo, a hombres jóvenes que jugaban al rugby y al fútbol e iban a verla para que los ayudase con sus lesiones.

Sinceramente, prefería a las personas mayores, que no intentaban seducirla.

Aunque ella sabía bien cómo salir del paso, llevaba haciéndolo desde la pubertad. Eran las consecuencias de haber nacido guapa. No tenía sentido fingir que no lo era. Había tenido mucha suerte con su aspecto. Tenía un rostro bonito, el pelo moreno y ondulado, una buena piel y unos grandes ojos de color violeta.

Jerome siempre le había dicho que era una belleza natural.

«Jerome...».

Veronica cerró los ojos un instante e intentó no pensar en él, pero era imposible. La repentina muerte de su prometido había sido muy dura, aunque lo que más le había dolido había sido lo que había averiguado después.

Todavía no se podía creer que hubiese sido tan... retorcido.

Había sido muy ingenua. Y eso que había vivido de cerca el sufrimiento de su madre con el sexo opuesto y su cinismo en lo referente al tema. A ella siempre le habían gustado los hombres. Le habían gustado y los había admirado. También había sabido que a algunos les gustaba jugar, pero siempre había mantenido las distancias con esos.

Tampoco era una mojigata, pero no soportaba a los hombres que incumplían las normas de la sociedad solo porque sí, ni a los hombres irrespetuosos, insensibles o irresponsables. Su hombre perfecto, con el que siempre había querido casarse, no sería nada de aquello. Sería un hombre de éxito, y preferiblemente guapo, pero lo más importante era que fuese una buena persona. Al fin y al cabo, no solo iba a ser su marido, sino también el padre de sus hijos. Veronica quería tener por lo menos cuatro.

Cuando Jerome había fallecido, ella había pensado que había perdido al marido perfecto.

Pero no había sido perfecto, ni mucho menos.

Veronica apretó los dientes mientras iba hacia la cocina. Al menos, seguía teniendo su trabajo. Tal vez no tuviese vida personal, ni fuese a cumplir su sueño de formar una familia, tal vez ya no creyese en el amor, pero seguía teniendo vida profesional. Aliviar el dolor de otras personas era algo que la satisfacía.

Estaba poniendo agua a hervir cuando sonó su teléfono móvil.

Debía de ser un cliente, porque no solía recibir muchas llamadas personales.

–¿Dígame?

–¿Es usted la señorita Veronica Hanson? –preguntó una voz masculina con cierto acento. Posiblemente italiano.

–Sí, dígame –respondió ella.

–Me llamo Leonardo Fabrizzi –se presentó él.

Y a Veronica estuvo a punto de caérsele el teléfono. No podía haber muchos italianos llamados Leonardo Fabrizzi en el mundo.

–¿Leonardo Fabrizzi, el esquiador? –preguntó sin pensarlo.

Hubo varios segundos de silencio.

–¿Me conoce? –preguntó él.

–No, no –respondió ella enseguida, porque no lo conocía.

Aunque sí se habían visto en una ocasión, muchos años atrás, en Suiza, pero no los habían presentado, así que él no la conocía. Veronica lo conocía porque ya por entonces había ganado un campeonato del mundo y era famoso por su temeridad, dentro y fuera de las pistas. Se había ganado a pulso la fama de playboy y, aquella noche, ella había estado a punto de convertirse en una más de sus conquistas.

–He... oído hablar de usted –añadió con voz ligeramente temblorosa–. Es famoso en el mundo del esquí y a mí me gusta esquiar.

De hecho, durante una época había estado obsesionada con el esquí, que había empezado a practicar con una amiga que la había llevado con ella de vacaciones.

–Ya no soy un esquiador famoso –le explicó él bruscamente–. Hace tiempo que me retiré. Ahora solo soy un hombre de negocios.

–Entiendo –respondió ella.

Veronica tampoco había vuelto a esquiar desde la muerte de Jerome.

–¿Y en qué puedo ayudarlo, señor Fabrizzi? –le preguntó, pensando que tal vez estuviese en Australia por negocios y necesitase un masaje.

–Siento tener que darle una mala noticia –le dijo él.

–¿Una mala noticia? –repitió Veronica sorprendida–. ¿Qué mala noticia?

–Laurence ha fallecido.

–¿Laurence? ¿Qué Laurence? –preguntó ella, no conocía a ningún Laurence.

–Laurence Hargraves.

–Lo siento, pero ese nombre no me dice nada.

–¿Está segura?

–Sí.

–Pues qué extraño, porque él sí que la conocía. Es usted una de las beneficiarias de su testamento.

–¿Qué?

–Que Laurence le ha dejado algo en su testamento. Una casa en la isla de Capri.

–¿Qué? ¡Eso es ridículo! ¿No me estará gastando una broma?

–Le aseguro que no es ninguna broma, señorita Hanson. Soy el albacea de su testamento. Si es usted Veronica Hanson y vive en Glebe Point Road, Sídney, Australia, es la dueña de una preciosa villa en la isla de Capri.

–Pero eso es increíble.

–Estoy de acuerdo –respondió él–. Yo era amigo íntimo de Laurence y nunca le oí hablar de usted. ¿Es posible que fueran familia lejana? ¿Tío abuelo suyo, o algo así?

–Supongo que sí, pero lo dudo –admitió Veronica.

Su madre era hija única y su padre, al que no conocía, no podía tener aquel apellido inglés. Que ella supiera, había sido un estudiante letón que había vendido su esperma por dinero.

–Le preguntaré a mi madre. Tal vez ella lo sepa.

–Admito que es extraño –dijo el italiano–. Tal vez Laurence fue paciente suyo, o familiar de un paciente. ¿Ha trabajado en Inglaterra? Laurence vivía allí antes de retirarse a Capri.

–No, nunca.

Aunque sí que había estado en la isla de Capri. Un día. Haciendo turismo. Mucho tiempo atrás. Y recordaba haber admirado las enormes villas y haber pensado que había que ser muy rico para vivir allí.

Se preguntó si Leonardo Fabrizzi seguiría siendo rico. Y si seguiría siendo un playboy.

«Eso no es asunto tuyo», se dijo.

–Es un misterio –continuó él–, pero el caso es que podrá tomar posesión de la propiedad cuando los papeles estén firmados y haya pagado los impuestos.

–¿Qué impuestos?

–Los impuestos de sucesión, que serán considerables, teniendo en cuenta la propiedad. Dado que no es pariente de Laurence, un ocho por ciento del valor de mercado de la casa.

–¿Y eso cuánto es exactamente?

–La villa debe de valer entre tres millones y medio y cuatro millones de euros.

–¡Cielo santo! –exclamó Veronica, que tenía una buena cantidad de dinero ahorrada, pero no tanto.

–Si eso es un problema, yo podría prestarle el dinero, que me devolvería después de vender la casa.

El ofrecimiento la sorprendió.

–¿Usted haría eso? Supongo que se tardaría un tiempo en vender semejante propiedad.

La solución parecía perfecta, pero Veronica prefirió ser cauta y no aceptar el ofrecimiento de inmediato.

Él debió de sentir que dudaba.

–Si lo que la preocupa es que intente engañarla –añadió–, puede pedir otra tasación. Yo la pagaré de mi bolsillo, en efectivo.

Veronica puso los ojos en blanco, no le gustaban las personas que se jactaban de tener mucho dinero. Los padres de Jerome habían sido muy ricos y siempre le habían hecho ver que ella era muy afortunada por ir a casarse con su único hijo.

–Tal vez quiera algo de tiempo para pensarlo –le dijo el italiano.

–Pues sí, esto me ha pillado por sorpresa, la verdad.

–Pero es una sorpresa agradable, ¿no? –le respondió él–. Dado que no conocía a Laurence personalmente, su muerte no la afecta. Y la venta de la villa le dará un buen dinero.

–Supongo que sí.

–Espero que no le incomode mi pregunta, señorita Hanson, pero necesito confirmar su fecha de nacimiento, que aparece en el testamento –añadió él, leyendo la fecha.

–Sí, es correcta, aunque no tengo ni idea de cómo la sabía el tal Laurence.

–Entonces, ¿cumplió veintiocho años el pasado junio?

–Sí.

–Es géminis.

–Sí. Aunque no la típica géminis –respondió ella–. ¿Cree en los signos del zodiaco, señor Fabrizzi?

–Por supuesto que no. Todos somos dueños de nuestro destino –declaró él con firmeza.

A Veronica le pareció un comentario arrogante, pero no se lo dijo.

–Entonces, ¿está segura de que no conoce a ningún Laurence Hargraves? –insistió Leonardo.

–Completamente segura. Y tengo muy buena memoria.

–Qué curioso...

–A mí también me lo parece. ¿Le importa si yo también le hago alguna pregunta?

–En absoluto.

–¿Qué edad tenía mi benefactor?

–Umm. No estoy seguro. Debía de estar cerca de los ochenta. Sé que tenía más de setenta cuando falleció su esposa, y de eso hace ya unos años.

–Entonces, era mayor, y viudo. ¿Tenía hijos?

–No.

–¿Hermanos?

–No.

–¿Y de qué falleció?

–De un infarto. Aunque, según la autopsia, también tenía cáncer de hígado. Unas semanas antes de morir me había contado que iba a ir al médico a Londres, pero hizo testamento y falleció cuando salía del despacho de su abogado.

–Vaya.

–Tal vez fuese mejor así, el cáncer ya estaba en fase terminal.

–¿Bebía mucho?

–Yo no diría eso, aunque ¿quién sabe lo que hace un hombre solo en privado?

De repente, Leonardo parecía muy triste. Eso hizo que le cayese un poco mejor.

Tal vez estuviese siendo injusta con él, quizá ya no fuese un playboy, podía haber cambiado.

–Si me da su dirección de correo electrónico –continuó él–, le enviaré una copia del testamento para que me dé una respuesta cuando lo haya leído. O puedo llamarla yo mañana a esta misma hora para que volvamos a hablar.

–Mañana a esta hora no me viene bien.

Los sábados solía ir a cenar temprano con su madre a un restaurante vietnamita.

–¿Qué hora es ahora en Italia? –preguntó–. Porque está en Italia, ¿verdad?

–Sí, en Milán, en mi despacho. Son las nueve y media.

–De acuerdo. Me gustaría hablar con mi madre antes y preguntarle si conocía a algún Laurence Hargraves. Tal vez ella pueda resolver el misterio. En cualquier caso, no tengo ningún problema en venderle la villa, señor Fabrizzi. Me encantaría poder ir de vacaciones a Capri, pero me temo que no me lo puedo permitir. Lo llamaré dentro de una hora más o menos.

–Estupendo. Estaré esperando su llamada, señorita Hanson.

Intercambiaron teléfonos y correos electrónicos y Veronica colgó y se dio cuenta de que estaba nerviosa después de haber hablado con Leonardo Fabrizzi.

Subió las escaleras hacia la zona de la casa que Nora había hecho construir varios años atrás, cuando había instalado su negocio allí.

De repente, se le pasó por la cabeza una idea bastante disparatada acerca de quién podía ser Laurence Hargraves. Se le aceleró el corazón y se le hizo un nudo en el estómago. Se dijo que su madre nunca le habría mentido, sobre todo, en algo así.

Respiró hondo varias veces y llamó a la puerta del despacho de su madre, le temblaban las manos, tenía la boca seca.

–¿Sí? –preguntó su madre.

Ella giró el pomo de la puerta y entró en la habitación.

Su madre, que estaba sentada delante del ordenador, no levantó la cabeza.

Ella se acercó al escritorio y se agarró con fuerza a él.

–Mamá, ¿te dice algo el nombre de Laurence Hargraves?

Su madre palideció y ella ya no sintió miedo, solo decepción.

–Era mi padre, ¿verdad? –preguntó con un hilo de voz.

Nora gimió y asintió con tristeza.

Veronica cerró los puños e intentó evitar que la invadiese la emoción. No había estado tan enfadada desde que había descubierto la verdad acerca de Jerome.

–¿Por qué no me contaste la verdad? –inquirió–. ¿Por qué me contaste esa historia de que mi padre era un estudiante pobre de Letonia? ¿Por qué no te limitaste a admitir que habías tenido una aventura con un hombre rico?

–¡Yo no tuve una aventura con Laurence! –negó su madre–. No fue así. No lo comprendes...

Tenía los ojos llenos de lágrimas.

Por primera vez en su vida, Veronica no sintió lástima por ella.

–Entonces, ¿cómo fue, mamá? –le preguntó en tono frío–. Haz que lo comprenda.

–No podía contártelo, porque le di mi palabra a Laurence de que no lo haría.

–Pues debes saber que tu Laurence ha muerto –le espetó ella–. Y que me ha dejado algo en el testamento. Acaba de llamarme su albacea. Ahora soy la propietaria de una villa en la isla de Capri. ¡Qué suerte la mía!

Nora se limitó a mirarla.

–Pero... ¿y su esposa?

–También falleció. Al parecer, hace unos años.

–Oh...

–¿Oh...?

Su madre estaba allí, aturdida, en silencio.

–Me parece, mamá –dijo Veronica, intentando contener las emociones–, que ha llegado el momento de que me cuentes la verdad.

Capítulo 2

LEONARDO envió por correo electrónico una copia del testamento e intentó concentrarse en los diseños de la siguiente colección de invierno, pero no fue capaz. No podía dejar de pensar en la llamada que acababa de hacer a Sídney, Australia.

¿Quién era la tal Veronica Hanson? ¿Por qué Laurence no le había hablado nunca de ella?

¿Por qué le había dejado la villa y había donado el dinero a la investigación sobre el cáncer?

Era todo un misterio.

Con un poco de suerte, la madre de la señorita Hanson podría darles algo de información.

Se miró el reloj y se dio cuenta de que habían pasado menos de diez minutos. Por desgracia, no podía esperar que Veronica Hanson le devolviese la llamada tan pronto.

Suspiró. Sabía que no iba a poder concentrarse en nada hasta que no hablase con ella. La paciencia nunca había sido una de sus virtudes, pero no tenía más alternativa que esperar.

Aunque no tenía por qué esperar allí sentado.

Si bien le había dicho a la señorita Hanson que era un hombre de negocios, y no podía negar que había disfrutado creando su propia empresa de ropa de deporte, seguía siendo un deportista, un hombre de acción. Y en realidad odiaba estar encerrado en un despacho.

Decidió salir a tomar un café y se sintió mejor al aire libre. Brillaba el sol y había una ligera brisa. Milán a finales de agosto era un sitio precioso, aunque las calles estuviesen llenas de turistas.

Leonardo respiró hondo y fue hacia su cafetería favorita, que estaba algo escondida y nunca había demasiada gente. Allí ya lo esperaba su café expreso cuando llegó a la barra. Se lo bebió de un trago, como de costumbre. La camarera le sonrió y lo miró de manera insinuante. Era una chica atractiva.

–*Grazie* –le dijo él, volviendo a dejar la taza vacía en la barra y sonriendo brevemente, sin la más mínima insinuación porque no quería que la chica lo malinterpretase.

En su juventud no habría dejado pasar una oportunidad así, pero por suerte en esos momentos era capaz de controlar sus hormonas. Además, tenía mucho cuidado de no dejarse atrapar por ninguna cazafortunas, como había estado a punto de ocurrirle unos años atrás.

Salió de la cafetería y se dirigió de nuevo al trabajo.

Pensó que nunca habría llegado a casarse con aquella chica, ni aunque hubiese sido cierto que estaba embarazada. Aunque lo hubiesen educado para que cumpliese con sus responsabilidades y sus padres le habían dicho en repetidas ocasiones cuando era joven que, si dejaba embarazada a una chica, tendría que casarse con ella. Y, si no lo hacía, que no volviese a casa.

Leonardo adoraba a sus padres y no habría soportado no volver a verlos, así que, sí, se habría tenido que casar. Y habría querido a su hijo, pero su vida no habría sido como él la había planeado. No quería casarse ni tener hijos hasta que no se sintiese preparado para ello. Y por aquel entonces no lo había estado.

Después de aquello, nunca se había olvidado de utilizar protección.

Y, como precaución añadida, solo salía con mujeres independientes, que tuviesen su propio dinero. Y cabeza.

Él no tenía intención de casarse hasta que no conociese al amor de su vida. Nunca había sentido lo que se imaginaba que debía sentir uno cuando estaba locamente enamorado. Le gustaba el sexo, sí, pero para él no había nada comparable a la sensación de bajar esquiando una montaña cubierta por la nieve, sabiendo que era más rápido que sus contrincantes.

Leonardo suspiró. Qué tiempos aquellos, antes de lesionarse y tener que retirarse con veinticinco años. Sí, como la señorita Hanson había dicho, él había sido un famoso esquiador. Pero la fama era efímera y ya hacía siete años que había cambiado de vida. Siete años de éxitos, pero también de frustración. Fabrizzi Sport Snow & Ski iba muy bien y él se había convertido en un hombre rico por su propio derecho, ya no era solo el nieto mimado de un multimillonario.

Pero no se sentía satisfecho. En ocasiones, se sentía completamente vacío, hiciese lo que hiciese.

Y hacía muchas cosas. Seguía esquiando en invierno, aunque no compitiese. Navegaba y hacía esquí acuático en verano, practicaba escalada y rápel. Y recientemente se había sacado la licencia para pilotar pequeños aeroplanos y helicópteros. Sus frecuentes vacaciones estaban repletas de actividad, pero cuando terminaban volvía al trabajo sin haber sido capaz de encontrar la serenidad.

Solo se relajaba cuando estaba en Capri, en la terraza de Laurence, mirando al mar y bebiendo una de las excelentes botellas de vino de su amigo.

Volvió a pensar en la misteriosa heredera de Laurence. Esperaba que lo llamase pronto y le confirmase que iba a venderle la casa. Porque no solo la quería, sino que la necesitaba.

Se miró el Rolex una vez más y se apresuró a subir a su despacho. No quería responder a la llamada de la señorita Hanson en la calle.

Capítulo 3

VERONICA se tumbó en la cama, dando vueltas a lo que acababa de descubrir, casi incapaz de procesar sus sentimientos. No sabía si estaba enfadada o terriblemente triste. Lo que su madre le había contado tenía sentido y comprendía que le hubiese prometido a Laurence que guardaría el secreto.

Pero lo que más la sorprendía era el testamento. Su padre había debido de saber que traería problemas y dejaría muchas preguntas sin responder.

«Su padre...».

Se le llenaron los ojos de lágrimas. Había tenido un padre. Un padre de verdad, no un donante de esperma anónimo. Además, había sido un conocido científico, un hombre brillante. Deseó que su madre se lo hubiese contado mucho tiempo atrás.

Pero Nora había dado su palabra y Veronica la entendía. Las buenas personas cumplían sus promesas. Pero su padre estaba muerto y ya nunca podría verlo ni hablar con él. Jamás podría conocerlo.

–¿Estás bien, cariño? –le preguntó su madre desde la puerta.

Veronica se limpió las lágrimas y se giró en la cama para sonreírle, consciente de que aquello también había sido una sorpresa para ella y de que debía preocuparle que su querida hija no la perdonase jamás.

A pesar de que seguía dolida, Veronica no le guardaba rencor, aunque sí que estaba enfadada con Laurence Hargraves, que podía haberse ido a la tumba sin levantar el secreto y sin haberle dejado nada en herencia. Así ella habría podido seguir viviendo tranquilamente en la ignorancia.

–No te preocupes –le dijo a su madre–. Es que no me lo esperaba.

–Lo sé. Y lo siento mucho. No entiendo por qué te ha incluido Laurence en su testamento. En cierto modo, ha sido un detalle por su parte, pero tenía que saber que saldría a la luz toda la verdad.

–La gente hace cosas extrañas cuando está a punto de morir –comentó Veronica, que conocía varios casos por su trabajo.

–¿Quieres que te prepare un café? –le preguntó su madre.

–Sí, gracias –respondió ella, aunque lo que le apetecía en realidad era estar sola. Necesitaba pensar.

Su madre desapareció y ella intentó imaginar los motivos por los que su padre había decidido darse a conocer demasiado tarde. Ella lo habría dado todo por haber tenido un padre de niña, cuando estaba en el colegio y sus compañeras se reían de ella. No era de sorprender que siempre hubiese buscado en los chicos a sus mejores amigos.

Lo que le hizo pensar en otro chico, ya crecidito, al que tenía que devolverle una llamada.

Leonardo Fabrizzi.

No le apetecía nada contarle que Laurence Hargraves era su padre biológico.

Pero lo cierto era que tenía muchas preguntas que hacerle. Si era su albacea, debía de haberlo conocido bien. Tal vez pudiese enviarle alguna fotografía, para ver cómo había sido físicamente.

Veronica no se parecía en nada a su madre. Nora Hanson era de corta estatura, tenía el pelo castaño, los ojos grises y era una persona que, en general, no llamaba la atención. Veronica siempre había dado por hecho que se parecía a su padre biológico y en esos momentos tenía la oportunidad de comprobarlo.

Entonces se le ocurrió una idea que hizo que se incorporase bruscamente y corriese escaleras abajo, hacia la cocina, donde había dejado el teléfono.

–¡Vaya! ¿A quién llamas? –preguntó su madre.

–Al italiano del que te he hablado. Leonardo Fabrizzi. Le prometí que lo llamaría después de hablar contigo.

–Ah... pero no se lo vas a contar todo, ¿verdad? Quiero decir, que no tiene por qué saber que eres hija de Laurence, ¿no? ¿No puedes venderle la villa sin más?

–No, mamá –respondió ella con firmeza–. Le voy a decir que soy la hija de Laurence. Para empezar, porque los impuestos son distintos si soy familiar. Y, para seguir, porque no voy a venderle la villa tan rápidamente. Antes quiero hacer algo.

–¿El qué?

Y Veronica se lo contó a su madre.

Capítulo 4

LEONARDO se sobresaltó al oír, por fin, el teléfono, y se puso a correr sin saber por qué, de repente, estaba tan nervioso. No era una persona nerviosa. La prensa lo había llamado Leo el León por su valentía y, cuando se había retirado de la competición, había escogido a ese animal como imagen de su empresa.

–Gracias por su llamada, señorita Hanson –respondió mientras se sentaba en su butaca de cuero e intentaba sonar tranquilo y profesional–. ¿Ha podido contarle su madre algo esclarecedor?

–Pues sí –respondió ella en tono todavía más profesional que el de él–. Al parecer, Laurence Hargraves era mi padre biológico.

Leonardo se inclinó hacia delante.

–¿Cómo dice?

–El señor Hargraves vino a Australia hace unos treinta años para realizar unos estudios genéticos en la universidad de Sídney. Mientras estuvo aquí le ofrecieron una casa para que se alojase y mi madre fue su ama de llaves.

–¿Y tuvieron una aventura? –preguntó Leonardo con incredulidad, ya que sabía que Laurence siempre había sentido devoción por su esposa.

–No, no, en absoluto. Aunque mi madre dice que se hizo amiga de Laurence durante los dos años que trabajó para él. Y también de Ruth, que, al parecer, era una señora maravillosa.

–Entonces, no lo entiendo.

–Mi madre me tuvo por fecundación in vitro. Yo pensaba que mi padre era un estudiante letón que había cedido su esperma por dinero, pero eso era mentira. El donante fue Laurence.

–Bueno... eso lo explica todo, supongo.

–¿Usted sabía que la esposa de Laurence no podía tener hijos?

–No exactamente. Solo sabía que no los tenían, pero desconocía el motivo.

–Al parecer, en la familia de Ruth había muchos enfermos de cáncer y ella había decidido hacerse de joven una histerectomía. Se habían casado muy enamorados y a Laurence no le había importado no tener hijos. Le bastaba con tener a Ruth, y su trabajo. De hecho, su trabajo fue el motivo por el que se convirtió en mi padre biológico.

–¿Qué quiere decir?

–Cuando mi madre le contó a Laurence que quería tener un hijo por fecundación in vitro en una clínica en particular, él se mostró horrorizado.

–¿Horrorizado? ¿Por qué?

–Porque no se sabía lo suficiente acerca de los posibles donantes. Laurence le advirtió a mi madre que no había información sobre el historial médico, mientras que él conocía muy bien el suyo propio.

Leonardo asintió. Ya entendía lo que había ocurrido.

–Sí. Al principio mi madre se negó, pero Laurence la convenció.

–Laurence podía llegar a ser muy persuasivo. A mí me aficionó a la música clásica. Así que comprendo que convenciese a su madre diciéndole que así estaría segura de que el bebé tenía buenos genes, pero ¿y Ruth? Supongo que ella no sabía nada de esto.

–No. Laurence insistió en que lo mantuvieran en secreto. Y mi madre se lo prometió.

–Vaya, visto así, se diría que Laurence fue bastante despiadado.

–Eso pensaba yo, pero mi madre me ha dicho que no. Laurence le compró la casa en la que vivimos, pero tuvo que criarme sola. Así que Laurence no quiso disgustar a su esposa, que no podía tener hijos, pero ¿por qué no se puso en contacto con mi madre y conmigo cuando ella falleció? ¿Por qué prefirió que me enterase de que era mi padre cuando ya había muerto?

–Lo siento, no puedo responder a esas preguntas, señorita Hanson. Estoy tan sorprendido como usted. Al menos, le dejó la villa en herencia.

–Sí, también he estado pensando acerca de eso. ¿Por qué me dejó una villa en Capri? Debía de tener un motivo. Según tengo entendido, era un hombre muy inteligente.

A Leonardo le vino a la mente el último día que había hablado con Laurence, pero no supo por qué. Ya lo pensaría tranquilamente más tarde.

–Tal vez quisiera dejarle algo de valor –sugirió.

–En ese caso, ¿por qué no me dejó dinero?

–Yo he pensado lo mismo, señorita Hanson.

–Por favor, deje de llamarme así, me llamo Veronica.

–Está bien, Veronica –respondió él, sonriendo–. Llámame tú a mí Leonardo. O Leo, si lo prefieres.

–Prefiero Leonardo –dijo ella–. Suena más... italiano.

Él se echó a reír.

–Es que soy italiano.

–El caso es que he tomado una decisión acerca de la villa. Te agradezco la oferta, Leonardo, y te la venderé, pero todavía no. Antes necesito averiguar todo lo que pueda acerca de mi padre...

Capítulo 5

VERONICA tenía un nudo en el estómago cuando el ferry dejó Sorrento para realizar el trayecto de veinticinco minutos que llevaba hasta Capri. Hacía un día precioso, no había ni una sola nube en el cielo y el agua azul no podía brillar más.

Había tardado dos semanas en organizar el viaje. No había querido dejar plantados a sus pacientes, así que les había contado que necesitaba unas vacaciones.

Todos habían sido muy comprensivos y cariñosos, y habían pensado que seguía sufriendo por la muerte de Jerome.

Y lo había hecho durante mucho tiempo, pero ya no.

Después de haber descubierto quién era su padre, había decidido que no podía seguir viviendo como una viuda. Y se había comprado ropa nueva para ir a la isla.

Se negaba a admitir que el esfuerzo que había realizado por mejorar su aspecto tenía algo que ver con Leonardo Fabrizzi. Por muy agradable que hubiese sido con ella por teléfono, seguía siendo un playboy.

Por curiosidad, Veronica había buscado información acerca de él en Internet, y había estado muy entretenida. Desde que se había retirado de las pistas de esquí,

Leonardo se había hecho un hueco en el mundo de la moda y tenía boutiques en las principales ciudades de Europa.

Al parecer, también había sido muy activo en su vida social y se le había relacionado con modelos, actrices y herederas varias.

Veronica se dijo que había querido mejorar su aspecto por orgullo femenino, nada más. Porque a las mujeres les gustaba sentirse atractivas, en especial, en compañía de un hombre tan guapo y carismático como Leonardo Fabrizzi.

Estaría con él en media hora. Leonardo le había dicho por teléfono que iría a recogerla al embarcadero para conducirla directamente a la casa que, al parecer, estaba justo encima del Hotel Fabrizzi, un pequeño establecimiento que los padres de Leonardo habían regentado durante más de una década.

Aquello la había sorprendido, ya que Veronica había leído en Internet que los Fabrizzi procedían de Milán y que el abuelo de Leonardo había creado una empresa textil después de la guerra y se había hecho muy rico con ella. Había tenido dos hijos y herederos, Stephano y Alberto. Lo que Veronica no sabía era qué había ocurrido tras la muerte del abuelo, no había buscado tanto. En realidad, iba a Capri a averiguar la historia de su propio padre, no del de Leonardo.

Volvió a pensar en el motivo por el que hacía aquel viaje y se le aceleró el corazón. Pronto averiguaría cómo había sido su padre biológico, tanto física como personalmente.

Ya no estaba enfadada con su madre. Lo hecho, hecho estaba.

Lo que quería era saber por qué su padre biológico le había dejado la villa en herencia.

«¿Por qué lo has hecho, papá?», y se dio cuenta de que, en su cabeza, llamaba a Laurence Hargraves «papá».

Los ojos se le llenaron de lágrimas y la chica que iba sentada enfrente de ella en el ferry la miró con curiosidad. Veronica consiguió sonreír y parpadeó con fuerza mientras sacaba el teléfono del bolso. Le había prometido a su madre que haría fotos y se las enviaría.

Así que empezó por el ferry, el mar y la isla.

Leonardo no estaba esperándola en el muelle. En su lugar había un hombre de mediana edad con un cartel con su nombre. Su aspecto era... italiano: pelo moreno y rizado y ojos oscuros.

Cuando Veronica se acercó a él y se presentó, el hombre sonrió de oreja a oreja.

–*Signora* Hanson, es usted *molto bella*. Leonardo debería habérmelo dicho.

Veronica sonrió ante el cumplido.

–¿Dónde está Leonardo? –preguntó, decepcionada por su ausencia.

–Me ha pedido que me disculpe en su nombre. Lo han retenido los negocios, pero volará pronto.

–¿Volará? Si no hay aeropuerto en Capri.

–Hay un helipuerto. En Anacapri. Se lo enseñaré todo de camino a recogerlo. Permita que lleve su equipaje.

Veronica no se atrevió a decirle que no quería que le enseñase nada, así que sonrió y respondió:

–Estupendo, gracias.

Y después subió a la parte trasera de un descapotable amarillo que parecía sacado de una película de Elvis Presley.

Agradeció haberse recogido el pelo en una coleta porque la brisa procedente del mar y la conducción deportiva de Franco habrían hecho mella en su aspecto. Intentó disfrutar de las vistas, pero en realidad no estaba de humor. Se sentía demasiado decepcionada por la ausencia de Leonardo. Rechazó educadamente una visita a la Gruta Azul y admitió que ya había estado en Capri mucho tiempo atrás.

–Ahora hay mucha más gente –comentó, fijándose en la fila de barcos que esperaban para visitar la gruta.

Franco frunció el ceño.

–Demasiada. Aunque se estará mejor a finales de septiembre. Los cruceros dejan de parar aquí. ¿Se quedará hasta entonces?

–Desgraciadamente, no.

Acababa de empezar septiembre y tenía el vuelo de vuelta para unas tres semanas más tarde.

–Hace demasiado calor –decidió Franco, apretando un botón para poner la capota al coche y protegerla del sol.

Una vez superado el disgusto inicial, disfrutó del paseo. Franco era un guía muy agradable y sabía mucho de la isla porque había nacido y crecido allí. Además, estaba casado con la hermana mayor de Leonardo, Elena. Tenían tres hijos, un niño y dos niñas.

Veronica se preguntó si Leonardo le habría contado que era la hija de Laurence. Era posible que no, así que se contuvo para no hacerle preguntas acerca de su padre. Tal vez en otra ocasión.

Por fin, Franco recibió un mensaje y puso rumbo al helipuerto de Anacapri.

Veronica intentó convencerse a sí misma de que no tenía motivos para estar nerviosa, pero no podía evitarlo. Cuando llegaron a lo alto de la colina y Franco aparcó, ella decidió que no podía quedarse allí sentada y bajó del vehículo mientras se aleccionaba sola.

«Sí, es muy atractivo, pero es un playboy, Veronica. Que no se te olvide. No te dejes engatusar. Has venido aquí para saber más de tu padre, no para derretirte delante de Leonardo Fabrizzi».

Vio acercarse un helicóptero y se hizo sombra en los ojos aunque llevaba gafas de sol. Como los cristales eran tintados, no pudo ver quién había en su interior. Por suerte, se había puesto unos pantalones blancos nuevos y no un vestido, porque el helicóptero causó un minitornado al aterrizar. Cuando por fin estuvo en tierra, se abrió la puerta y salió un hombre, un hombre alto y de pelo moreno, vestido con un traje gris y camisa blanca abierta en el cuello, sin corbata.

Veronica reconoció a Leonardo a pesar de que llevaba el pelo muy corto. Le sentaba bien porque se le veía mejor la cara.

En persona era todavía más guapo que en las fotografías. Las imágenes en dos dimensiones no le hacían justicia. Además de su belleza estaba su manera de moverse y de andar, la posición de sus anchos hombros, el ángulo de su cabeza. Era todo él. Un hombre arrogante, seguro de sí mismo y muy, muy sexy.

Cuanto más se acercaba a ella, más se le aceleraba el corazón.

Veronica se preguntó exasperada si les ocurriría aquello a todas las mujeres. Era muy posible.

Respiró hondo varias veces e intentó tranquilizarse.

«Solo tienes que pensar en Jerome».

Leonardo la estaba mirando, Veronica lo sabía a pesar de sus gafas de sol. Podía sentir su mirada penetrante a través de los cristales oscuros y se alegró de llevar gafas oscuras ella también. Así no podía verle los ojos que, para Veronica, eran los espejos del alma.

Aunque más que su alma, el problema lo tenía su cuerpo, que llevaba demasiado tiempo sin los reconfortantes abrazos de un hombre.

–¿Veronica? –preguntó él con aquella voz tan sexy que ella ya conocía.

Ella forzó una sonrisa.

–Sí –le confirmó.

Él sonrió levemente.

–Tenía que haber sabido que serías muy bella –comentó Leonardo–. Laurence era un hombre muy guapo. Bienvenida a Capri.

Y le dio un abrazo.

Su calor la penetró y Veronica se olvidó de su determinación de comportarse con sensatez. Sintió que se derretía entre sus brazos, que le ardía la sangre en las venas. Notó que se ruborizaba.

–¡Vaya! –exclamó, apartándose–. Se me había olvidado lo expresivos que sois los italianos.

Leonardo arqueó las cejas.

–¿En Australia no os saludáis con un abrazo?

–Sí, pero solo cuando saludamos a amigos o a familiares.

–Qué extraño. Si me he excedido, lo siento. Ven. Hace demasiado calor para permanecer al sol.

La agarró del codo y la llevó de vuelta al coche. Franco seguía al volante.

Veronica no apartó el brazo por no parecer maleducada. Al fin y al cabo, Leonardo solo se estaba comportando como un caballero. Aunque lo que a ella le preocupaba era la sensación tan placentera que la había invadido al sentir el contacto de su mano.

–¿No traes equipaje? –le preguntó cuando llegaron al vehículo.

–No. Tengo ropa aquí, en el hotel de mis padres. La llamo mi ropa de Capri. Aquí no me pongo trajes de chaqueta, ¿verdad, Franco? –comentó, abriendo la puerta trasera y dejándola pasar primero.

–Verdad, Leo. Aquí eres un hombre diferente.

–¿Has cuidado de nuestra invitada? ¿Le has enseñado los lugares más conocidos de nuestra isla?

–Sí, pero no ha querido ir a la Gruta Azul.

–Ya había estado –intervino ella–. Vine en una excursión de un día cuando tenía poco más de veinte años. Es un lugar muy bonito, pero no quería tener que esperar para volver a verlo.

Leonardo asintió.

–Es comprensible. En realidad, la única manera de ver bien la isla es desde el cielo. Mañana te daré una vuelta en helicóptero.

–No es necesario –respondió ella, encantada y, al mismo tiempo, aterrada por la idea.

–Insisto. Te encantará. Vamos, Franco. Estoy seguro de que Veronica está deseando ver la casa de su padre.

«La casa de su padre», pensó ella mientras el coche arrancaba. El motivo por el que estaba allí. Y lo último en lo que había pensado desde que el apuesto Leonardo Fabrizzi se había bajado del helicóptero.

Capítulo 6

LEONARDO se instaló en el asiento trasero del taxi e intentó actuar con normalidad, como si la chica que tenía al lado no le pareciese irresistiblemente atractiva. Sobre todo, porque no quería sentirse atraído por nadie.

Al mismo tiempo, le debía a su amigo ser hospitalario con su hija. Y satisfacer la curiosidad de Veronica, que le parecía natural, acerca de un padre al que no había conocido. No obstante, era una pena que fuese tan atractiva. A Leonardo le encantaban las mujeres morenas, altas y esbeltas, en especial con el pelo largo. Además, tenía un bonito rostro ovalado, la piel clara, de porcelana, los labios carnosos. En conjunto, habría sido capaz de tentar a un santo.

Y él no era ningún santo.

Tuvo la esperanza de que, cuando Veronica se quitase las gafas, apareciesen tras de ellas unos ojos pequeños y feos y una nariz torcida. Aunque los ojos de Laurence habían sido una de sus mejores características y había tenido la nariz recta. Si Veronica se parecía en todo a él, sería toda una belleza, con un cerebro prodigioso y una mente curiosa.

Las horas que Leonardo había pasado con Laurence habían sido de las mejores de toda su vida adulta. Leonardo suspiró al darse cuenta de lo mucho que echaba de menos a su amigo.

–Siento no haber llegado a recogerte al ferry, Veronica –le dijo–. Me surgió un imprevisto en la boutique de Roma y tuve que solucionarlo.

Ella se giró a mirarlo y su pierna rozó ligeramente la de él.

–¿Algo grave?

–Sí y no. La encargada estaba... ¿Cómo decirlo? Metiendo la mano en la caja.

–Eso es terrible. ¿Has hecho que la detengan?

Leonardo se echó a reír.

–Me habría gustado, pero me ha amenazado con arruinarme si lo hacía.

–¿Cómo va a arruinarte?

Leonardo se encogió de hombros.

–Tal vez haya exagerado un poco. En realidad, me ha amenazado con acusarme de acoso sexual si llamaba a la policía. Al final, le he dado el finiquito y se ha marchado, pero no sé si guardará silencio. Todavía es posible que hable mal de mí ante los medios de comunicación.

–¿Hablar mal de ti?

–Podría decir que, para conseguir su puesto, tuvo que acostarse antes conmigo.

–¡Pero eso es difamación!

–No exactamente. En realidad, me acosté con ella. Una vez. Fue un error, pero ocurrió y no puedo dar marcha atrás, ¿no?

–Supongo que no.

Leonardo se fijó en el tono de voz de Veronica, que debía de pensar de él que era un mujeriego. Lo era, para algunas personas, pero los había peores. Él intentaba no hacer daño a nadie, pero, por desgracia, el sexo opuesto solía confundir el deseo con el amor. Miró a Veronica y se preguntó si sería de esas.

Aquello le hizo pensar en otra cosa.

–No te he preguntado por teléfono si tenías novio –le dijo.

Habían hablado de su vida profesional, pero de nada personal.

Veronica se puso ligeramente tensa.

–No –respondió–. En estos momentos, no. Nada serio.

–Vaya, veo que te gusta jugar.

Ella se echó a reír.

–Si tú lo dices...

Y a él le gustó la respuesta. De repente, pensó que pasar el fin de semana con aquella mujer iba a ser todo un placer.

–Hemos llegado –anunció cuando Franco detuvo el taxi delante del Hotel Fabrizzi–. ¿Qué te parece, Veronica? ¿Verdad que el hotelito de mis padres es un lugar maravilloso?

Capítulo 7

ELLA pensó que de hotelito no tenía nada y agradeció poder apartar la mirada del atractivo y carismático hombre que la acompañaba.

«Soy inmune a él», se dijo, sin tener en cuenta la velocidad a la que le latía el corazón.

–Es precioso –comentó.

El hotel tenía dos plantas y era blanco, con tejas de terracota y marcos de madera oscura en puertas y ventanas. A la derecha del edificio había una pérgola muy grande cubierta de vides y, debajo de ella, una larga mesa de madera, bancos igual de largos a cada lado y dos sillones grandes, con cojines, en los extremos. En el más cercano había un gran gato rojizo, hecho un ovillo bajo el sol. Cuando Leonardo se acercó a acariciarlo, ronroneó, pero no se levantó.

–Este es Gepetto, el gato de mi madre, que es muy viejo. Ya estaba aquí cuando mis padres compraron este lugar, hace trece años. Los dueños anteriores lo abandonaron –le explicó–. No está capado, sobre todo, porque no han conseguido nunca meterlo en una caja. No le importa que lo acaricien, pero no le gusta que lo levanten. Puede llegar a ser bastante salvaje. Al parecer, hay muchos gatitos que se parecen a este en Capri.

Veronica se preguntó si Leonardo también tendría muchos hijos desconocidos, o tal vez fuese demasiado cuidadoso para eso. Supuso que los playboys ricos aprendían a practicar el sexo seguro desde una edad muy temprana. Aunque no había leído en Internet que nadie le hubiese puesto una demanda de paternidad.

–Me tengo que marchar, Leo –comentó Franco después de dejar la maleta de Veronica en el soportal, volviendo al taxi, la miró a ella y añadió–: Hasta esta noche.

–Mis padres te van a invitar a cenar –le explicó Leonardo–. Toda la familia quiere conocerte. Tienen mucha curiosidad por ver a la hija de nuestro vecino y amigo.

–Ah.

–No rechaces la invitación –le aconsejó Leonardo–. Se sentirían casi ofendidos si lo hicieras.

–No se me ocurriría rechazarla –respondió ella justo cuando dos personas salían del hotel.

Veronica se dio cuenta inmediatamente de a quién se parecía Leonardo, porque aquellos tenían que ser sus padres. Ambos eran sorprendentemente altos y, a pesar de rondar los setenta años, caminaban muy erguidos y sonrieron de felicidad al ver a su hijo.

–¡Leonardo! –exclamó su madre, corriendo a abrazarlo.

–*Mamma* –respondió él en tono cariñoso, cubriendo su rostro de besos.

Ella se echó a reír y lo abrazó todavía con más fuerza.

A Veronica se le encogió el pecho y se preguntó si eran celos lo que sentía. ¿O envidia? Su madre y ella se querían mucho, pero no solían demostrárselo de aquella manera. Se daban algún abrazo y su madre le había dado un beso de despedida en el aeropuerto, pero solo uno, en la mejilla.

Pero los italianos eran así, apasionados, les gustaba tocarse y besarse. A los australianos, no tanto.

La señora Fabrizzi se separó finalmente de su hijo y se giró hacia ella mientras el padre de Leonardo abrazaba y besaba a su hijo.

–Tú debes de ser Veronica –dijo la mujer–, la hija secreta de Laurence. Yo soy Sophia, la *mamma* de Leonardo. Y este es Alberto, su padre. Eres muy guapa. Deja que vea tus ojos.

Y, sin más, le quitó las gafas de sol.

–¡*Mamma*! –la reprendió Leonardo riéndose–. No seas tan brusca.

–Solo quería ver si tenía los ojos de Laurence –explicó ella–. ¿Ves, Leonardo? Son del mismo color, violetas. Y tienen la misma forma. Ahora sí que estoy convencida de que es su hija.

Leonardo murmuró algo en italiano. También se había quitado las gafas de sol, tal vez para ver mejor los ojos de Veronica. Ella se puso tensa al notar atracción entre ambos. Leonardo la había mirado igual que en aquella otra ocasión, años atrás. Entonces, ella se había resistido, ¿podría volver a hacerlo? ¿Quería hacerlo?

Con un poco de suerte, Leonardo no la pondría a prueba. Porque lo cierto era que Veronica no se sentía tan fuerte como entonces a pesar de que su experiencia con Jerome la había ayudado a inmunizarse contra hombres como Leonardo Fabrizzi. Se arrepintió de haberle sugerido que estaba libre y que le gustaba jugar con los hombres, supuso que lo había hecho por vanidad, pero había sido un error.

Leonardo sugirió entonces llevar a Veronica a conocer la casa.

–Hasta luego, *mamma* –se despidió, mientras tomaba el equipaje de Veronica–. Luego volveré a que me contéis todos los cotilleos.

Su madre respondió algo en italiano ya desde el interior del hotel. Él contestó en el mismo idioma, y Veronica solo comprendió que estaban hablando de la cena de esa noche.

–¿Hacía mucho tiempo que no venías a casa? –le preguntó a Leonardo mientras él le devolvía las gafas de sol, que se guardó en el bolso.

Sus miradas volvieron a encontrarse y sintió otra vez la atracción que había entre ellos. Y pensó que Leonardo era muy, pero que muy guapo.

–Un mes –respondió él.

Verónica se había imaginado, a juzgar por el modo de saludarse, que habían estado sin verse mucho tiempo más.

–Por aquí –la guio, dirigiéndose hacia la pérgola–. Fue en el setenta y cinco cumpleaños de mi padre, justo el fin de semana antes de que Laurence falleciera. Ten cuidado con el camino, es muy pronunciado, pero la manera más corta de llegar a tu casa. Hay otra carretera, pero da mucha vuelta y yo no tengo coche en la isla.

El camino era empinado, pero ella estaba en forma y no le costó subir la cuesta ni los escalones, que, a juzgar por su estado, debían de llevar allí mucho tiempo. Franco le había dado una lección de historia mientras le enseñaba la isla y le había contado que el emperador romano Tiberio había estado en Capri y había utilizado la Gruta Azul como si de su piscina privada se tratase. Veronica casi no se podía creer que ella también tuviese una villa en aquella preciosa isla.

–¿Y viste a Laurence aquel fin de semana? –le preguntó a Leonardo.

–Sí.

–¿Y?

–He estado intentando recordar de qué hablamos. Sabía que me lo preguntarías –añadió él, mirándola por encima del hombro–, pero no estoy seguro. Durante los últimos años pasamos mucho tiempo juntos. Laurence me enseñó a jugar al ajedrez, pero jamás conseguí ganarle.

–Yo no he jugado nunca al ajedrez.

–No es un juego fácil de dominar –admitió Leonardo, echando a andar de nuevo–. ¿Te gusta el vino tinto?

–La verdad es que no.

–A él le encantaba. Tenía una bodega increíble.

–Me he fijado en que eso te lo ha dejado a ti en el testamento. ¿Te lo has llevado ya?

–No va a hacer falta. Me vas a vender la casa, ¿recuerdas?

–Ah, sí, sí, se me había olvidado. ¡Oh! –exclamó sorprendida al ver por fin la construcción.

Que no era como se había imaginado. Había pensado que sería una versión más pequeña del Hotel Fabrizzi, pero no. Era también blanca y también tenía el tejado de terracota, pero solo tenía una altura, era rectangular y toda la parte delantera estaba rodeada por un porche y enormes ventanales en vez de paredes y puerta.

–Ven –le dijo Leonardo, guiándola hasta una pequeña rampa de cemento para subir al porche.

Una vez allí, Veronica se giró y vio el mar Mediterráneo.

–Oh, Leonardo –comentó, maravillada con las vistas.

–Tal vez ahora comprendas por qué quiero comprar la casa.

–Sí.

Lo entendía. Leonardo se acercó tanto que Veronica pudo oler su colonia o su *aftershave*, que ya había olido en el coche. Una vez más, intentó no pensar en ello.

–¿Y si decido no vendértela?

Él la miró enfadado por un momento, pero después se echó a reír.

–No te la puedes permitir. Tendrías que pagar muchos impuestos.

–No si puedo demostrar que soy la hija biológica de Laurence.

–¿Cómo vas a hacer eso? Lo han incinerado. Necesitarías su ADN.

–Tiene que haber ADN suyo en esta casa, en un peine o un cepillo de dientes.

–Tal vez...

–No te preocupes tanto, Leonardo. Te venderé la casa, pero solo cuando haya encontrado lo que he venido a buscar.

–¿Y qué has venido a buscar?

–Para empezar, quiero saber cómo era físicamente mi padre, no he encontrado ninguna fotografía en Internet, pero, sobre todo, quiero saber qué clase de hombre era.

Capítulo 8

LEONARDO clavó la vista en la mirada violeta de Veronica y se preguntó si ella se quedaría satisfecha con sus pesquisas. El aspecto de Laurence no sería un problema, ya que había sido una versión masculina de ella, pero con respecto a su personalidad, no siempre había sido un hombre fácil.

Para empezar, había sido relativamente introvertido, el típico científico. Brillante, pero no precisamente sensible.

El amor obsesivo que había sentido por su esposa debía de haberlo sorprendido incluso a él, y perderla lo había destrozado. De los dos, Ruth había sido la más sociable, le había encantado ir a fiestas y recibir amigos en casa.

Y Laurence se había dejado llevar para hacerla feliz. Tras su muerte, se había sumido en una profunda depresión y solo había aceptado invitaciones de amigos en Navidad, cuando la madre de Leonardo lo había obligado a bajar al Hotel Fabrizzi a cenar.

A Leonardo le había dado pena verlo así y se había esforzado en ir a visitarlo cada vez que estaba en Capri. Su amistad se había hecho más estrecha cuando él se había roto un tobillo un par de años atrás y había ido a casa a recuperarse. De hecho, se había quedado un tiempo en casa de Laurence para no tener que subir a verlo con las muletas.

Había sido entonces cuando Leonardo le había confesado que se había quedado destrozado al tener que retirarse de la competición. Nadie de su familia lo había entendido, de hecho, sus padres se habían alegrado de que dejase de correr riesgos, lo mismo que su tío Stephano.

Laurence sí lo había comprendido, totalmente.

–No hay nada peor para un hombre, Leonardo –le había dicho en tono amable–, que tener una meta y sentir que se la arrebatan. Te entiendo. Yo pasé por un momento así en mi juventud, pero, por suerte, conocí a Ruth por esa época y ella me hizo ver que había más cosas en la vida, además de la ciencia. Algún día encontrarás otra ilusión. Mientras tanto, disfruta de lo que tienes, que es mucho.

Había sido un buen consejo. Y la amistad se había convertido en un cariño incondicional.

–Laurence era un buen hombre, aunque solitario –le contó a Veronica, escogiendo con cuidado sus palabras–. Como casi todos los científicos, me imagino. Su trabajo era gran parte de su vida. Ruth lo obligaba a socializar, pero, cuando falleció, Laurence se encerró en sí mismo. Supongo que yo era quien mejor lo conocía en Capri. A mí me contaba muchas cosas, aunque supongo que también tenía sus secretos.

–Te refieres a mí.

–Sí. Fue una sorpresa saber de tu existencia, lo admito.

Al hablar con ella por teléfono, no se había imaginado a una mujer tan bella. La deseaba y sabía que sería capaz de hacerla olvidarse de su padre. Que él también olvidaría entre sus brazos. Era lo que tenía el sexo, que apaciguaba a la bestia que tenía dentro. Eso, y contemplar aquellas maravillosas vistas.

Clavó la mirada en el mar. Pronto aquella casa sería suya, pero, hasta entonces, tendría que encontrar otras maneras de relajarse.

Se giró hacia Veronica y le dedicó la mejor de sus sonrisas, la que hacía derretirse a las mujeres. No le supuso ningún esfuerzo, aquella le gustaba. Y, de hecho, le recordaba a alguien a quien había conocido una noche, años atrás, a una chica que lo había rechazado.

De repente, recordó que también era australiana.

Arqueó las cejas. No era posible...

La recorrió con la mirada. No le había preguntado el nombre, solo sabía de ella su nacionalidad y que había trabajado de masajista en un hotel de la estación de esquí.

–Tal vez te resulte extraña la pregunta –le dijo–, pero ¿por casualidad has trabajado alguna vez de masajista en Suiza? Hace siete u ocho años...

A Veronica se le hizo un nudo en el estómago.

–No pensé que me reconocerías, ha pasado mucho tiempo.

Él la miró sorprendido y después sonrió.

–Por eso sabías que había sido esquiador –comentó.

–Sí.

Por no mencionar lo de playboy.

–¿Por qué no me dijiste que ya nos conocíamos? –le preguntó.

–Porque pensé que las circunstancias podrían resultarte... incómodas.

Leonardo se echó a reír.

–Admito que no fue uno de mis mejores momentos.

–Pues yo tuve la sensación de que era lo habitual para ti.

–Tengo que admitir que estaba muy borracho, Veronica. Mi carrera se había terminado aquel día y no me lo tomé bien.

Veronica pensó que, independientemente de las circunstancias, no iba a excusar su comportamiento tan fácilmente.

Él se rio de nuevo.

–Recuerdo muy bien lo que me dijiste: «Ni en tus sueños, amigo».

–Bueno, sí, la verdad es que, si me acuesto con alguien, me gusta ser el centro de atención. No me gusta compartir.

–Pues, lo creas o no, yo siempre suelo centrarme en una sola mujer.

–Si tú lo dices...

–Supongo que tienes muy mala opinión de mí. Por lo ocurrido aquella noche, y por lo que te he contado de la boutique de Roma.

–Leonardo, seamos sinceros, tu reputación te precede. Eres un mujeriego y cambias de novia como de camisa. He visto muchas fotografías tuyas y no apareces nunca dos veces con la misma.

Él arqueó las cejas y los ojos le brillaron con satisfacción.

–¿Me has buscado en Internet?

–Por supuesto. Quería saber qué clase de hombre eras, si podía fiarme de ti.

–¿Y?

–Como hombre de negocios, tu reputación es intachable.

–Pero como novio, no, ¿verdad? –añadió él riéndose.

–Yo diría que en eso no eres tan bueno. Sobre todo, si lo que busca una mujer es compromiso.

–No tendré ningún problema en comprometerme

cuando encuentre a la mujer adecuada. Y tampoco todas las mujeres buscan eso. Tú, por ejemplo...

–¿Yo? ¿Qué?

–Tienes casi treinta años y no tienes una relación estable. Y eres muy atractiva. La conclusión que saco de todo eso es que has elegido ser libre.

Veronica se ruborizó como no lo había hecho en años. Sintió calor en todo el cuerpo. Hacía mucho tiempo que no deseaba tanto a un hombre.

De repente, no pudo evitar preguntarse cómo sería acostarse con él.

Clavó la vista en los ojos oscuros de Leonardo y supo que sería muy apasionado en la cama. Le costó hablar después de haber pensado aquello.

–No he tenido suerte con los hombres –respondió por fin.

–Qué pena, pero todavía eres joven, no tienes de qué preocuparte.

–Eso depende de cómo se mire.

–¿Te gustaría casarte y tener hijos?

Veronica se encogió de hombros. En cierto momento de su vida habría dicho que sí sin pensárselo. En esos momentos, ya no estaba tan segura.

–Solo si conozco a la persona adecuada –respondió.

«Que en ningún caso sería alguien como tú», pensó, por mucho que lo desease.

–Cuando vendas esta casa, serás rica –le dijo él–. Y se acercarán a ti muchos hombres, aunque, probablemente, no los adecuados, así que deberás tener cuidado. Ven.

Buscó una llave en un geranio que había en el porche.

–Ha llegado el momento de ver el interior de tu herencia.

Capítulo 9

NO ME mires así –le pidió Leonardo mientras metía la llave en una de las puertas correderas de cristal–. En Capri no hay casi delincuencia. Laurence siempre tenía esa llave ahí para que Carmelina pudiese entrar cuando él no estaba.

–¿Carmelina?

–Una de mis hermanas, que le limpiaba la casa. Y le hacía la compra. Le he pedido que viniera esta semana. Y no, no hace falta que le pagues, lo ha hecho con mucho gusto.

–Muy amable por su parte. ¿Me puedes dar su teléfono? Me gustaría darle las gracias.

–No es necesario que la llames, la verás esta noche en la cena.

–Ah, sí, la cena...

La cena de aquella noche iba a ser una prueba, aunque, para prueba, la perturbadora presencia de Leonardo. Veronica necesitaba alejarse un poco de él porque tenía la sensación de que, si no lo hacía, iba a cometer una tontería.

–Leonardo –le dijo mientras él abría la puerta de cristal–, ¿te importa si doy un paseo por la casa sin ti? Quiero impregnarme de ella yo sola. Y necesito llamar a mi madre para que sepa que he llegado bien. Se preocupa si no lo hago...

Leonardo sonrió como si supiese que tenía miedo de estar a solas con él.

–Permite que traiga tu equipaje –respondió, girándose a por él.

Leonardo tomó su maleta, la llevó al enorme salón y luego apoyó las manos en los hombros de Veronica y la miró a los ojos. Ella se preguntó si iba a besarla.

No lo hizo, se limitó a sacudir la cabeza.

–Deberías descansar un poco esta tarde –le aconsejó–. La cena con mi familia será larga y copiosa, así que no comas mucho antes de venir. Pasaré a recogerte a las siete.

–¿Qué... qué me pongo?

Él se encogió de hombros.

–Lo que quieras, pero trae un chal o una chaqueta, refresca por las noches. *Arrivederci*, Veronica.

Y entonces la besó. No fue un beso apasionado, sino muy rápido, pero en los labios. Un beso maravilloso que hizo que ella desease más.

Después de que Leonardo se hubiese marchado, Veronica siguió inmóvil en el mismo sitio, sin respirar, sin pensar. Deseando... a Leonardo Fabrizzi. Nunca había deseado así a ningún otro hombre. Y sabía que no era amor, sino solo deseo. Entonces tomó aire e intentó pensar.

Se cruzó de brazos y se giró hacia los ventanales para ver el mar. Entonces se preguntó si podría tener sexo con él. Al fin y al cabo, solo sería eso, sexo.

Sonrió lentamente y pensó que era imposible resistirse a Leonardo.

–He superado lo de Jerome y estoy en la maravillosa isla de Capri –dijo en voz alta–. ¡Ahora voy a recorrer la casa, también maravillosa, de mi padre!

Capítulo 10

LA CASA era impresionante. Sobre todo, el salón, con el suelo de mármol italiano en tonos blancos y grises cubierto por alfombras de colores, los muebles eran cada uno de un estilo: dos sillones grandes, una mesa de comedor ovalada, de madera casi negra, con seis sillas del mismo material, respaldos altos y asientos de terciopelo verde. En medio de la mesa había un objeto de cristal verde... maravilloso. No era un jarrón, ni un frutero, sino una especie de escultura sin ningún propósito aparente, más que el de adornar.

Debía de ser cristal de Murano, le encantó. Se preguntó si lo habría elegido su padre.

Y, al pensar en él, se acercó rápidamente hacia la pared opuesta, donde había muchas fotografías sobre la repisa de la chimenea. Por fin iba a ver cómo había sido su padre.

Su mirada se clavó en la fotografía de su boda, en blanco y negro, con la novia vestida de largo, envuelta en encaje. Era de corta estatura, delgada, rubia y guapa. El novio, por su parte, era muy alto, moreno y también guapo. La expresión de su rostro al mirar a su esposa era de amor y vulnerabilidad. Era un hombre completamente enamorado.

Veronica dio la vuelta al marco y leyó la inscripción:

Laurence y Ruth.

El día de nuestra boda, marzo de 1968.

«Veintidós años antes de que yo fuese concebida», pensó.

En las otras fotografías estaban mayores, en unas solos, en otras, en grupo. Laurence había envejecido muy bien. Su esposa, sin embargo, parecía cada vez más frágil, pero seguía sonriendo y mirando con cariño a su marido. A pesar de aquel aspecto frágil, Veronica sospechó que había sido Ruth la que había llevado los pantalones en aquella relación. Solo había una fotografía en la que se veía bien el color de los ojos de su padre que habían sido, como todo el mundo le había dicho, violetas, como los suyos. Y con la misma forma.

Eso le gustó, y la entristeció.

Le habría encantado conocer a su padre. De repente, los ojos se le llenaron de lágrimas que corrieron por sus mejillas. Por suerte, se giró de nuevo hacia el mar y pronto se calmó.

¿Qué tenían aquellas vistas? ¿Sería mágico el Mediterráneo? ¿O era Capri?

En cualquier caso, le daba paz. Por fin podía poner rostro a su padre. Pensó que era una pena no poder quedarse a vivir en aquella casa.

–Deja de soñar –se advirtió mientras se disponía a descubrir el resto de la casa de su padre.

Dos horas después, tras haber hecho muchas fotografías, se las envió a su madre y la llamó.

–¿Dígame? –respondió esta en tono somnoliento.

–Vaya, te he despertado. Lo siento, mamá, se me ha olvidado la diferencia horaria.

–No pasa nada.

–¿Qué hora es?

–Las cuatro de la mañana. ¿Qué ocurre?

–Estoy en Capri, en la villa.

–¿Y cómo es? Espero que no sea un montón de escombros.

Veronica se echó a reír.

–En absoluto. Te he mandado fotos. Echa un vistazo.

–Espera un momento. Ah, sí. Oh... qué vistas. ¿Son desde la villa o desde otro lugar?

–Desde la parte delantera de la casa.

–No me extraña que ese lugar valga una fortuna. Solo la vista vale millones.

–Estoy de acuerdo. Es una casa fantástica.

–Tiene cuatro dormitorios, ¿no? Y eso que no tenían hijos.

–Leonardo me ha contado que recibían muchas visitas cuando su esposa todavía vivía.

–¿Y cómo es, el tal Leonardo?

Veronica tragó saliva. Se preguntó si debía mentir o no. No quería preocupar a su madre.

–El típico italiano –respondió–. Ya sabes, encantador.

–Y muy guapo –añadió su madre, sorprendiéndola.

–¿Cómo lo sabes?

–Porque lo he buscado en Internet después de que te marchases. Es todo un playboy, ¿verdad?

–Sí, pero inofensivo para mí.

Su madre se echó a reír.

–¿Recuerdas a aquel brasileño que estuvo detrás de ti durante todo un año en la universidad?

–¿Cómo lo voy a olvidar?

–Al final, lo consiguió, ¿verdad?

–¡Mamá! ¿Cómo sabes eso? Nunca te lo he contado.

–Siempre te gustaron los chicos que no aceptaban un «no» por respuesta. ¿Lo ha intentado ya?

Veronica supo que tenía que mentir.

–No. Creo que tiene novia en Roma. Aunque voy a cenar con su familia esta noche. Tienen un hotel justo debajo de la casa. Antes necesito dormir un poco. Estoy agotada.

–Estarás agotada, pero pareces contenta. Hacía mucho tiempo que no te veía así. Tal vez esta herencia haya sido lo que necesitabas, cariño. Vuelves a hablar como la chica que eras antes de conocer a Jerome.

–Querrás decir antes de que falleciese Jerome.

–No, quiero decir antes de que conocieses a ese canalla.

Aquello sorprendió a Veronica.

–Pensé que te caía bien. Quiero decir... antes de que averiguásemos quién era en realidad.

–Fingía que me caía bien. Por ti. Pero siempre me pareció un estirado, lo mismo que su familia.

Veronica suspiró.

–Bueno, vamos a cambiar de tema –dijo su madre–. Vuelve a ser la de antes, la chica que sabía divertirse. Ese hombre te convirtió en una amargada, como yo.

–Mamá, no digas eso, no eres una amargada.

–Sí que lo soy, y me odio por ello. No sé cómo me has soportado todos estos años. No te he ayudado nada a ser feliz.

Veronica estaba tan sorprendida por las palabras de su madre que no supo qué responder.

–Estoy segura de que no todos los hombres son

como Jerome, ni como mi exmarido. También hay hombres buenos. Hombres como tu padre. Él era un buen hombre. Quería mucho a su esposa y le era fiel. Así que, si Leonardo da un paso al frente, déjate llevar. Es muy guapo.

–Vaya, mamá. ¡No sé qué decir!

–No tienes que decir nada. Solo acepta mis disculpas y diviértete. Ah, una cosa más.

–¿Sí?

–No sientas que tienes que estar llamándome constantemente. Hazlo solo cuando te apetezca.

–De acuerdo –respondió ella sonriendo.

Capítulo 11

LEONARDO subió los escalones de dos en dos, nervioso porque iba a volver a ver a Veronica. El sol ya se había puesto, pero todavía era de día y el horizonte estaba teñido de un halo dorado. La luna también había salido y bañaba la casa de Laurence con su suave luz.

Leonardo entró en la terraza e iba a llamar al timbre cuando las puertas de cristal se abrieron y apareció Veronica, todavía más guapa que unas horas antes. Se había quitado los vaqueros y la camiseta y se había puesto un bonito vestido de tirantes lila que dejaba sus hombros al descubierto e insinuaba un sensual escote.

Llevaba en la mano una chaqueta negra.

–No hace falta que lleve bolso, ¿verdad? –le preguntó, mirándolo con los ojos brillantes.

–Por mí, no –le respondió él.

Pensó que estaba preciosa aunque no se hubiese soltado el pelo. Algunos mechones rizados le tocaban las mejillas y el cuello, se había pintado los labios y también los ojos. Estaba deseando que llegase el momento de acompañarla a casa después de la cena y llevársela a la cama. Porque Veronica no iba a decirle que no. Podía sentir la atracción.

Ella le sonrió.

–Voy a dejar la llave en ese escondite tan ridículo, pero espero que todo esté asegurado.

–Lo está –respondió él en tono divertido–. ¿Te ha dado tiempo a recorrer la casa?

–Sí, es preciosa. Y también he visto algunas fotografías de Laurence. Me parezco a él, ¿verdad?

–Sí, por fuera. En realidad, eres mucho más agradable que él.

–¿Qué quieres decir? –preguntó ella, deteniéndose mientras bajaban los escalones de piedra–. ¿No era mi padre una persona agradable?

Leonardo se arrepintió de sus palabras.

–Lo era, pero tú le ganas.

–Ah... –dijo ella, ruborizándose–. Pero si no me conoces.

–Enseguida me doy cuenta de cómo son las personas. Y no suelo fallar.

–Pues con esa chica de Roma te salió mal –replicó ella, haciéndolo reír.

–Es cierto. En ocasiones me confunden las hormonas.

–Yo diría que te ocurre con bastante frecuencia –lo corrigió Veronica.

Y él se preguntó si Veronica volvería a rechazarlo aquella noche. Esperaba que no, porque la deseaba más y más con cada segundo que pasaba.

–Ven –le pidió, agarrándola por el codo–. *Mamma* nos está esperando.

–No puedo comer nada más –le susurró Veronica a Leonardo un par de horas después.

–Inténtalo –le respondió él.

–Espero que no te parezca mal, Veronica –le dijo Sophia desde la otra punta de la mesa–, pero me gustaría saber por qué tu madre... no se casó si quería tener hijos.

–*Mamma*... –la amonestó Leonardo.

–No pasa nada –respondió Veronica.

No quería ofender a Sophia, que le había parecido encantadora. De hecho, toda la familia de Leonardo le caía bien. Alberto y Sophia tenían tres hijos: Elena, la mayor, seguida por Carmelina y Leonardo. Elena estaba casada con Franco y tenían tres hijos. Marco, de once años, Bianca, de nueve, y Bruno, de siete. Carmelina era la única tímida de la familia. Estaba casada con Alfonso, que se encargaba del mantenimiento del hotel y del jardín. También tenían un hijo, Luca, que tenía diez años, y una hija, Daniele, de ocho.

–Es una buena pregunta –añadió, suponiendo que Leonardo les había contado que Laurence había donado esperma para que ella naciera–. Mi madre estuvo casada, pero su marido no era una buena persona. Se gastaba todo el dinero en el juego, la trataba mal y al final la abandonó por otra mujer. Mi madre lo pasó muy mal y se quedó sin trabajo, así que se puso a limpiar casas. Después de aquello, no volvió a confiar en ningún otro hombre, pero, con los años, empezó a desear tener un hijo.

Todos la escuchaban con atención.

–Por aquel entonces trabajaba para Laurence –continuó–, que, a su vez, estaba trabajando para la universidad de Sídney. Se cayeron bien, dice que era un buen hombre. Y un día mi madre le contó que tenía pensado tener un bebé por inseminación artificial.

–Y fue entonces cuando Laurence ofreció su esperma –intervino Leonardo–. No quería que el bebé pudiese tener malos genes, como, al parecer, tenía Ruth. Ese es el motivo por el que Ruth no tenía hijos, por cierto. Los genes de Laurence, sin embargo, eran estupendos.

–Sí –comentó su padre, sonriendo de oreja a oreja–. Si no, mirad a su hija. Habría estado muy orgulloso de ti, Veronica. Eres *molto bella*. Tu *mamma* debe de estar muy contenta de haber hecho caso a Laurence.

Veronica intentó no ruborizarse, pero aquella familia llevaba toda la noche haciéndole cumplidos y se sentía abrumada. Estaba empezando a desear que la velada terminase, aunque nadie parecía cansado y ella, que había dormido la siesta, tampoco lo estaba.

Por eso, se sorprendió a sí misma bostezando.

–¿Estás cansada? –le susurró Leonardo al oído.

–No –respondió ella.

–Bien –le contestó él en voz muy baja–. Diré que tienes *jet lag* y que necesitas volver a casa.

Veronica se sintió tentada a acceder, pero vio cómo le brillaban los ojos a Leonardo y se dio cuenta de que no quería ceder tan pronto.

–No –respondió en tono gélido–. No me gusta mentir.

–Una mentira piadosa no le hará daño a nadie –insistió él.

–No estoy de acuerdo.

–Bueno, pero te advierto que... si te quedas, no podré protegerte de las interminables preguntas de mi madre.

–¿Estás hablando de mí, Leonardo? –preguntó Sophia en voz alta.

–Veronica me estaba diciendo que la comida está deliciosa, *mamma* –mintió él–. Piensa que has hecho un gran esfuerzo.

Aquello pareció complacerla.

–Te lo agradezco, Veronica.

Ella sonrió. Aunque en cierto modo se arrepintió de su decisión de quedarse cuando Sophia siguió haciéndole preguntas y terminó queriendo saber si tenía novio en Sídney.

–No, no tiene novio, *mamma* –respondió Leonardo–. Ya se lo he preguntado yo. Al parecer, no ha tenido suerte con los hombres, aunque seguro que eso cambia ahora que ha heredado.

Sophia lo reprendió en italiano y después se dirigió a Veronica:

–He dicho que no necesitas dinero para atraer a los hombres.

Pero ella tuvo la sensación de que no era aquello lo que había comentado, porque el resto de la mesa se miraba y ella había oído el nombre de Leonardo, no el suyo.

–Tal vez esté divorciada –comentó el precoz Bruno de repente.

–Tal vez –repitió Leonardo–. ¿Estás divorciada, Veronica?

Capítulo 12

VERONICA lo miró sorprendida.

–Por supuesto que no –respondió con firmeza–. Nunca he estado casada.

Leonardo no supo por qué se sentía aliviado por la noticia.

–¿Pero te gustaría casarte? –le preguntó Elena.

Leonardo notó que Veronica dudaba antes de responder, pero entonces la vio sonreír.

–Sí, cómo no. Si conozco a un hombre al que pueda amar y en el que pueda confiar.

Leonardo dedujo que le habían hecho daño en el pasado, y bastante.

–Deberías casarte con un italiano –continuó Elena–. Son muy buenos maridos.

Y miró a Franco con mucho cariño.

«Mi hermana es igual que mi madre», pensó Leonardo, «siempre haciendo de casamenteras».

–Me parece que es hora de que lleve a Veronica a casa –intervino él, poniéndose en pie de manera brusca–. Ha tenido un día muy largo y mañana la voy a llevar a ver la isla en helicóptero.

Sabía que, diciendo aquello, tranquilizaría a su madre y a sus hermanas, aunque seguirían planeando emparejarlos en su ausencia.

Aunque no tendrían éxito porque él todavía no quería casarse. Y, aunque hubiese querido, no iba a casarse con una chica australiana que pronto se marcharía de allí para no volver. Era cierto que le gustaba Veronica y que quería acostarse con ella, aquella misma noche a poder ser, pero lo suyo se acabaría en cuanto le vendiese la villa y volviese a Sídney.

Ella lo miró con sus grandes ojos violetas y volvió a notar la química que había entre ambos y que no podían seguir ignorando. En cuanto la tuviese entre sus brazos ya no habría marcha atrás.

¡Y la satisfacción sería inconmensurable!

Capítulo 13

VERONICA tomó aire. La mirada de Leonardo casi le dio miedo. Jerome nunca la había mirado así, como si quisiera poseer su cuerpo y su alma, y la idea la excitó.

Se le secaron los labios y se le aceleró el corazón. Así que aquello era el deseo de verdad, una sensación que no había experimentado nunca antes. Se había sentido atraída por otros hombres, sí, y se había acostado con alguno, pero nada fuera de lo común. Con Jerome la experiencia había sido un poco mejor, pero porque había pensado que estaba enamorada de él. Y él había sabido lo que hacía, al fin y al cabo, había sido diez años mayor que ella. No obstante, Veronica nunca lo había deseado así, nunca había sentido que su cuerpo reaccionaba con tan solo una mirada.

–Vamos –le ordenó él, tendiéndole la mano.

«Sí», pensó ella, sabiendo que aquello iba a ser solo sexo. Porque eso era lo que hacía Leonardo con las mujeres, acostarse con ellas, nada más. Hasta que se cansaba de ellas y las dejaba.

Tomó su mano y la ayudó a levantarse. Por suerte, no se le doblaron las rodillas, porque Veronica se sentía aturdida. Supo que todo el mundo la estaba mirando y se preguntó si sabrían lo que pasaba por su cabeza en esos momentos.

Pero fue capaz de dar las buenas noches y de agradecer a Sophia la deliciosa cena. Soportó varios besos y abrazos y entonces Leonardo la guio, tranquilamente, lejos de la mesa. El hecho de que pareciese no tener prisa la molestó.

–Acabo de acordarme de una de las cosas de las que hablé con Laurence aquel último fin de semana –comentó él mientras subían por el camino de grava–. Me lo ha recordado mi madre al intentar emparejarme contigo.

–¿Sí?

Veronica no fue capaz de decir nada más y, de repente, se sintió culpable. Había ido a Capri a averiguar cómo había sido su padre, no a acostarse con el albacea de su testamento.

Se giró y miró a Leonardo.

–¿Y de qué hablasteis? –preguntó, intentando no fijarse en lo guapo que era.

–Yo me quejé de que mi madre siempre insistía en que me casase y formase una familia. Y de que mi padre también se había puesto muy pesado aquel fin de semana, me había dicho que tenía que tener un hijo para que continuase con el apellido de la familia. Mi tío Stephano no tiene hijos, así que mi padre me dijo que era mi deber casarme y tener hijos.

–Pero si tú no quieres casarte –comentó Veronica.

Él hizo una mueca.

–Admito que ahora mismo no lo tengo en mente. Me gusta mi vida tal y como es.

–¿Y se lo has dicho?

–No exactamente. Quiero complacerlos, pero... –dijo, encogiéndose de hombros como si la decisión no fuese suya.

Siguieron subiendo por los escalones después de que Leonardo hubiese vuelto a tomar su mano.

–¿Y qué te dijo Laurence? –le preguntó ella–. ¿Te dio algún consejo?

–Me dijo que cambiaría de idea acerca del matrimonio cuando conociese a la persona adecuada. Que hasta el soltero más convencido acaba doblegándose ante el amor.

–Qué ingenuo, ¿no? –comentó ella en tono sarcástico.

Ella dudaba de que Leonardo fuese a conocer a la chica adecuada.

Él tardó unos segundos en responder, no se giró a mirarla hasta que no hubieron acabado de subir.

–Te han hecho daño, ¿verdad? Y, no, no quiero que me cuentes los detalles. Odio que las mujeres me cuenten sus relaciones fallidas, me aburre y hace que deje de desearlas, aunque nada de lo que digas esta noche hará que deje de desearte –admitió sonriendo de manera muy sensual–. Podrías confesarme que has sido la amante secreta de un jeque árabe y seguiría deseando acostarme contigo.

Veronica no supo qué cara poner, pero supo que tenía que demostrarle a aquel arrogante italiano que le tenía tomada la medida.

–Interesante –respondió con indiferencia–. No, no he sido la amante de un jeque, sino de dos. Les gusta montar a caballo y... montarme a mí. Y no sabes lo ocupada que me tienen.

Mereció la pena ver la cara que ponía Leonardo al oír aquello, aunque enseguida se dio cuenta de que era una broma y se echó a reír.

–Qué mala eres.

–No tanto como tú, Leonardo, pero sí, ahora mismo también me gusta ser libre, aunque pretenda casarme algún día.

–Cuando conozcas al hombre adecuado.

–Exacto. Y me temo que no eres tú. Me gustaría que mi futuro marido estuviese un poco menos... viajado.

Él hizo una mueca.

–Pero tus amantes, no.

–No, no, es importante que esos tengan experiencia, ¿no?

–Entonces, ¿tienes a un jeque o dos en la cama?

–No soy de las que va alardeando por ahí de quién me besa –comentó Veronica.

–Menos mal, aunque yo todavía no te he besado. O, al menos, no te he besado de verdad.

–No.

–¿Quieres que lo haga?

–Aquí, no –respondió ella, dándose cuenta de que todavía no estaba preparada y tal vez no lo estuviera nunca.

Con mano temblorosa, buscó la llave en el geranio y abrió la puerta. Dentro hacía más fresco, aunque ella seguía teniendo calor. No se giró a ver si Leonardo la seguía porque supo que lo hacía. En vez de eso, dio la luz y fue hacia la cocina. Una vez resguardada detrás de la barra que había en el centro, se giró hacia él.

–¿Te apetece tomar algo? –le preguntó–. ¿Café, té, agua?

Él sonrió con malicia.

–Preferiría una copa de coñac. O de oporto. Laurence tiene uno magnífico. ¿Has bajado ya a la bodega?

–No –admitió Veronica–. No la he encontrado.

En realidad, no la había buscado.

–Yo te enseñaré dónde está –se ofreció Leonardo, volviendo a tenderle la mano.

–Antes necesito ir al cuarto de baño.

Veronica desapareció en la habitación principal y entró en el baño. Cuando volvió al salón unos minutos después, Leonardo estaba apoyado en la repisa de la chimenea, pensativo.

–Todavía no me puedo creer que Laurence haya muerto –comentó, mirándola con tristeza–. Tenía que haberse puesto en contacto contigo antes. Era tu padre, no debió mantener tu existencia en secreto.

–Yo opino lo mismo –admitió ella con un nudo en la garganta–, pero ahora ya es demasiado tarde.

–Sí. No entiendo por qué actuó así.

–Yo tampoco.

Leonardo frunció el ceño.

–Supongo que no lo pensó. Tras la muerte de Ruth se quedó muy deprimido. Y se volvió muy gruñón, aunque a mí seguía cayéndome bien. Lo echo de menos. Aunque parezca extraño, era mi mejor amigo, a pesar de la diferencia de edad. Siempre era sincero conmigo y eso me gustaba.

–La sinceridad es una buena virtud en un amigo –comentó ella, pensando que también le habría gustado ser la mejor amiga de su padre.

–Te he puesto triste –le dijo Leonardo–. No era lo que pretendía. Ahora, voy a ir directo al grano. No quiero café ni coñac, ni tampoco oporto. Solo te quiero a ti, Veronica. Solo a ti...

Capítulo 14

SOLO a mí», pensó ella, sin aliento, mientras veía cómo Leonardo se acercaba a ella.

No podía haberle dicho nada más perfecto, ni más seductor.

Así que fue hacia sus brazos sin dudarlo. Era como si sus apasionadas palabras la hubiesen cegado y hubiesen convertido aquella sórdida situación en algo dulce, incluso romántico.

Lo abrazó por el cuello y se besaron. Sus caderas chocaron y ya no hubo nada romántico en aquel beso. Ni en la respuesta de Veronica ante él. El fuego que había estado consumiéndola por dentro y que ella había intentado atenuar se avivó. Leonardo le metió la lengua en la boca y gimió. Después la levantó del suelo, ella lo abrazó con las piernas por la cintura, y la llevó hasta la habitación principal. Allí, la dejó en la cama mientras respiraba con dificultad.

–*Dio* –murmuró, sacudiendo la cabeza mientras se quitaba los zapatos y empezaba a desnudarse.

Veronica intentó pensar. Intentó hacer algo, pero solo podía devorarlo con la mirada. Desnudo, era como se lo había imaginado y todavía mejor. Era perfecto en todos los aspectos. Le encantaba el color aceitunado de su piel, los músculos de su abdomen, sus hombros anchos, sus largas y musculosas piernas. Eran piernas de esquiador. Pero, sobre todo, le gustó su erección.

Pensó en cómo sería tenerla dentro y empezó a moverse, se quitó la ropa interior a tirones, sin importarle si la rompía.

–Date prisa –le pidió–. Por favor, Leonardo...

Él se quedó un instante al lado de la cama, mirándola con sorpresa.

Y entonces, por fin, se tumbó sobre ella y la penetró con cuidado. Sorprendentemente, Veronica no llegó al orgasmo en aquel mismo instante, sino que gimió y se retorció debajo de su cuerpo mientras Leonardo le hablaba en italiano. No parecía que le estuviese diciendo nada romántico, sino más bien obsceno, casi parecía enfadado. Y después de lo que le pareció una eternidad, llegaron al clímax a la vez y Veronica cerró los ojos con fuerza, por miedo a mirar en los de él.

–No he utilizado protección –bramó Leonardo de repente.

Ella abrió los ojos y lo que vio en los de él no fue disgusto, sino ira.

–¡No me has dado tiempo! –la acusó.

Y tal vez tuviera razón, aunque tampoco le hubiese puesto una pistola en la cabeza para que se acostase con ella. Si hubiese querido ponerse un preservativo, habría podido hacerlo. Veronica abrió la boca para disculparse, pero no lo hizo. La responsabilidad era de los dos.

–No te preocupes. No me voy a quedar embarazada.

Veronica conocía bien su cuerpo y sabía que tendría el periodo el lunes siguiente, no estaba en el momento de mayor ovulación.

Él tomó su rostro con ambas manos y le preguntó:

–¿Tomas la píldora?

Su actitud la asustó y la molestó. Si le decía que no, se enfadaría todavía más.

–Sí, sí –mintió–. ¿Y tú, practicas siempre sexo seguro?

–¡Por supuesto! –contestó él con indignación.

–Menos hoy –puntualizó Veronica.

Le sorprendió haber pasado en tan poco tiempo de desearlo con locura a sentir desprecio por él.

No supo descifrar lo que veía en sus ojos, si era sorpresa o confusión. Al parecer, no estaba acostumbrado a perder el control.

–Debería marcharme –dijo Leonardo, apartándose y recogiendo la ropa.

Veronica se sintió humillada y notó que se le humedecían los ojos. De repente, se sintió utilizada y barata. Debió de hacer algún ruido, porque Leonardo se giró a mirarla.

–No, no –dijo él, acercándose a abrazarla–. Eres preciosa, pero es que no estoy acostumbrado a actuar así, sin pensar. Bueno, solo en una ocasión, no voy a darte detalles. El caso es que uno aprende de los errores cuando se trata de tener un hijo no deseado.

Ella entendió que habían intentado cazarlo con un embarazo.

–Yo nunca haría algo así, Leonardo –le aseguró en tono amable, acariciándole la cabeza y sintiendo, de repente, ternura por él–. Me parece que hacer algo así es despreciable.

–Lo es.

–¿Y tuvo el bebé, esa chica?

Él sonrió.

–Por suerte, no. Ni siquiera estaba embarazada. Solo me dijo que lo estaba.

–Qué decepción.

Ella sabía mucho de decepciones y de las cicatrices que dejaban.

Leonardo suspiró pesadamente, se puso en pie de nuevo y empezó a vestirse.

–Me habría casado con ella –confesó mientras se abrochaba los pantalones.

–¿Por qué, si no la querías?

–Es una cuestión de honor –respondió él–. El niño habría sido mío.

–Eso es muy antiguo, Leonardo. Ningún hombre australiano se sentiría obligado a casarse con una chica así.

–Pero darle la espalda a un hijo no está bien. Yo no podría hacerlo.

–No tendrías por qué darle la espalda. Podrías contribuir a su mantenimiento y exigir tu derecho a verlo. ¿Por qué casarse si no hay amor? Eso tampoco está bien.

–Los italianos pensamos de otra manera al respecto.

Veronica sacudió la cabeza.

–En ese caso, es que sois diferentes.

–Eso parece. Ahora, me tengo que marchar si no quiero que mi madre empiece a sospechar. Creo que le has gustado mucho –añadió riéndose–. Si me quedo más empezará a planear nuestra boda.

Veronica se rio también.

–En ese caso, será mejor que te vayas, sí.

–Pasaré a recogerte mañana a las diez. No te pongas vestido ni falda, que vamos a ir en helicóptero.

–De acuerdo.

–*Ciao*.

Lo vio marcharse y pensó que tal vez tendría que haberle dicho que le daban miedo los helicópteros, pero no había querido parecer una cobarde. Le gustaba que Leonardo pensase que era una aventurera. Y lo había sido, en el pasado. No se lo había pensado dos veces antes de viajar a las estaciones de esquí de toda Europa año tras año mientras estaba en la universidad. Había ahorrado todo el año, con dos trabajos a media jornada, para gastárselo todo en enero. Y el último año de universidad había trabajado como masajista en una estación de esquí.

Allí había conocido a Leonardo.

¿Quién le habría dicho lo que el destino le iba a deparar después de haberlo rechazado aquella noche? Veronica jamás se habría imaginado que acabaría acostándose con él varios años después.

Tenía que admitir que había ido a Capri a averiguar quién había sido su padre, pero también para volver a ver a Leonardo y comprobar si la atracción que había sentido por él cuando le había conocido había sido real. Ya tenía la respuesta. El deseo que Leonardo despertaba en ella era muy, muy real.

Aunque no peligroso, salvo que se enamorase de él.

Y no iba a hacerlo. Ya no era una niña tonta. Era una mujer adulta y experimentada. Sabía muy bien lo que tenía entre manos.

Leonardo era un playboy que sentía fobia por el compromiso. Decía que algún día sentaría la cabeza, pero ella tenía muchas dudas al respecto. Era evidente que no quería acostarse con la misma mujer durante el resto de su vida. Lo único que quería del sexo opuesto era diversión.

Lo mismo que quería Veronica de él. Solo diversión.

Desear más habría sido una locura.

Y ella no estaba loca. Aunque el cuerpo de Leonardo le hiciese perder la cabeza. Se le hizo un nudo en el estómago al recordar cómo habían hecho el amor. Estaba deseando volver a verlo al día siguiente.

No tardarían mucho en ver la isla en helicóptero y cuando Leonardo la llevase de vuelta a casa seguro que se quedaba con ella un rato. Tal vez el resto del día. Esa noche había ido todo muy deprisa. Aunque también había sido emocionante, y gratificante. Veronica se preguntó si había tenido un orgasmo así antes.

Sus músculos internos se contrajeron solo de pensarlo, pero se dio cuenta de que el recuerdo ya estaba empezando a borrarse de su mente.

«Necesito volver a vivirlo. No quiero que se me olvide jamás».

Llegó a la habitación principal, donde sus cuerpos se habían entrelazado, y se prometió que al día siguiente no lo harían deprisa y corriendo encima de la colcha. Se meterían desnudos dentro de la cama. Ella insistiría en que Leonardo le hiciese el amor lentamente. Estaba deseando que llegase el momento. Insistiría en que Leonardo se acordase de utilizar protección. Y entonces, le susurraría al oído todo lo que quería que le hiciese.

Sintió un estremecimiento al pensar aquello último y tuvo que aceptar que sentía algo por aquel hombre, y que aquello era peligroso porque se le podía escapar de las manos.

«Date un respiro», se dijo. «Dentro de tres semanas estarás de vuelta en Australia y Leonardo será solo un recuerdo. Diviértete con él, como te ha dicho tu madre, pero no olvides que solo es una aventura».

Veronica se acostó con aquello en mente y se quedó dormida enseguida. No soñó. Se despertó sintiéndose descansada. Hacía un día maravilloso, brillaba el sol y no había ni una nube en el cielo. Un buen día para hacer turismo, sobre todo, en helicóptero.

¿Qué se iba a poner?

Capítulo 15

VERONICA no desobedeció las instrucciones de Leonardo y no se puso vestido a pesar de sentirse tentada a ello. En su lugar, escogió unos pantalones vaqueros azules, una blusa en tonos rosas y azules y unas sandalias planas. No obstante, sí que sucumbió a la vanidad y se dejó el pelo recién lavado suelto, aunque llevaría un sombrero de paja para controlarlo un poco.

Eran casi las diez de la mañana y, a pesar de las advertencias que se había hecho a sí misma la noche anterior, sintió que se le aceleraba el corazón y que todo su cuerpo se ponía en tensión. Respiró hondo varias veces, pero no consiguió tranquilizarse.

Leonardo llegó puntual, vestido de manera tan informal como ella, con pantalones vaqueros azules, camisa blanca y una ligera chaqueta azul marino. Hacía sol, pero no hacía calor. Veronica sospechó que la ropa de Leonardo era de diseñador, pero también sospechó que estaría igual de guapo con cualquier otra cosa. Entonces, deseó no tener que ir a ninguna parte. Solo quería pasarse el resto del día en la cama con él.

Con un poco de suerte, su mirada no la habría delatado. Todavía le quedaba algo de orgullo, aunque no fuese mucho. Lo suficiente. Aunque mermó cuando Leonardo le dijo lo guapa que estaba. Era todo un seductor.

–Iré a por mis cosas –respondió ella, poniéndose las gafas de sol y tomando el bolso y el sombrero.

Cerró la puerta de la casa con llave y la depositó luego en el geranio antes de mirar a Leonardo.

–Esperemos que todo el vino siga aquí cuando volvamos –comentó.

Él sonrió.

–Seguro que sí. ¿Has encontrado ya la bodega?

–No, siempre se me olvida mirar.

–Te la enseñaré a la vuelta. Por aquí.

La agarró del codo izquierdo y en lugar de guiarla hacia los escalones de piedra, la llevó a la parte trasera de la casa, donde había un taxi esperándolos.

No era el coche amarillo descapotable de Franco, sino uno verde mucho más pequeño, con techo.

–El sábado es el día en que Franco está más ocupado –le explicó Leonardo, ayudándola a entrar–. Este es Ricardo. Ricardo, te presento a Veronica, es hija de Laurence.

Ricardo sonrió.

–Se parece a él –comentó, poniendo el coche en marcha.

–¿Todo el mundo en Capri sabe quién soy? –preguntó ella en un susurro.

–Más o menos –respondió él, encogiéndose de hombros–. En Capri no hay secretos. ¿Por qué? ¿Te molesta?

–Supongo que no.

–Por cierto, el Hotel Fabrizzi está lleno hoy. Hay un grupo de ruidosos estadounidenses y yo odio el ruido, así que tal vez tenga que pedir un favor a alguno de mis vecinos.

A Veronica le dio un vuelco el corazón, pero consiguió mantenerse impasible.

–¿Sí? –comentó en tono indiferente–. ¿Y a qué vecino se lo vas a pedir?

–Solo hay uno que tenga una habitación de invitados grande y cómoda.

–¿Y mañana sabrá todo Capri que te has quedado a dormir en mi casa? –volvió a preguntar ella en voz muy baja, para que no la oyese el conductor.

–Todo el mundo, no, pero mi madre, sí.

–¿Y eso te causará problemas?

Leonardo se encogió de hombros.

–Ninguno que no pueda soportar.

Veronica estaba segura de ello.

–Entonces, tú verás, Leonardo –le dijo ella–, pero no me vengas llorando cuando tus padres piensen que tus intenciones conmigo son serias.

–¿Quién ha dicho que no lo son?

Su mirada la desconcertó. Lo vio sonreír de oreja a oreja.

–Te pillé.

–Eres muy, muy malo, Leonardo Fabrizzi –lo reprendió.

–Dice que soy malo, Ricardo. ¿Tiene razón? –le preguntó él al otro hombre.

–¿Malo tú? –dijo Ricardo, mirándolos por el espejo retrovisor–. No. Leonardo es un buen hombre. Cuando mi Louisa se puso enferma, le pagó los mejores médicos de Roma, el mejor hospital. Y siempre hace cosas así. En Capri todo el mundo quiere a Leonardo.

–Era una broma –dijo Veronica enseguida–. Díselo, Leonardo.

–Dice que era una broma, Ricardo. Ella también me quiere, ¿verdad, Veronica?

Ella pensó que era incorregible y puso los ojos en blanco.

–Por supuesto, Leonardo. ¿Cómo no iba a quererte?

–No tengo ni idea –respondió él en tono divertido.

A Veronica le entraron ganas de darle una bofetada. Aquel hombre era un demonio. O eso quería creer ella, aunque su instinto le decía que aquello era solo una pose, que en realidad era una buena persona. El amor que sentía por su familia y sus amigos hacía entrever que no era un playboy que se dedicase a ir de mujer en mujer, sin importarle nada.

Le resultó extraño que, siendo italiano y teniendo aquella familia, Leonardo no quisiese casarse y tener hijos. Se preguntó si sería su pasado lo que le había hecho tomar aquella decisión. En cualquier caso, estaba casi segura de que Leonardo no querría hablar de algo tan íntimo con una mujer a la que acababa de conocer y que solo iba a pasar fugazmente por su vida.

Aquel último pensamiento la molestó, pero entonces se dijo que era la realidad. Lo que no significaba que no pudiesen pasarlo bien juntos. Era una mujer adulta y tenía derecho a disfrutar del sexo y divertirse. Incluso su madre pensaba así.

No entendía, entonces, por qué tenía la sensación de estar corriendo un riesgo al estar con él. Leonardo, por su parte, parecía estar completamente relajado y tranquilo.

Al llegar al helipuerto, en vez de olvidarse de sus preocupaciones, Veronica se inquietó todavía más. Por un instante se le había olvidado que le daba miedo volar.

–Oh, Dios mío –comentó con el estómago encogido.

–¿Qué ocurre? –le preguntó Leonardo.

–Ese helicóptero –le dijo ella, señalando el aparato mientras bajaban del taxi–. ¿Vamos a ir ahí?

–Sí, ¿por qué?

–Porque parece muy pequeño.

–Es pequeño, para dos personas.

Ella lo miró con sorpresa.

–No te preocupes, tengo licencia para pilotarlo y, además, es nuevo.

Capítulo 16

ESTÁS bien? –le preguntó Leonardo a Veronica mientras la ayudaba a ponerse el cinturón de seguridad.

Estaba un poco pálida.

–Supongo que sí.

–Toma, ponte esto –añadió, dándole unos auriculares con micrófono incluido–. Cuando estemos en el aire habrá mucho ruido y te hará falta para comunicarte conmigo.

Se puso los suyos.

–¿Siempre has tenido miedo a volar? –le preguntó.

El miedo a volar era desconocido para él, siempre le había encantado volar, en especial, desde que era piloto.

–Solo en helicóptero –le respondió Veronica.

–No te preocupes. No permitiré que te pase nada.

Se inclinó hacia delante y le tocó la mejilla. De repente, la vio muy vulnerable y deseó protegerla. La habría besado si el micrófono no se hubiese interpuesto en su camino, así que intentó tranquilizarla con la mirada.

A Veronica se le aceleró el corazón con aquella tierna mirada de Leonardo. Por un instante, se creyó que estuviese preocupado por ella. Supuso que era lo que hacían los hombres seductores, fingir que las mujeres les importaban.

Pero en realidad no le importaba nada. Veronica sabía qué tipo de hombre era, pero su cuerpo reaccionó igualmente, tanto a su sonrisa como a su mirada.

–Empezaremos por Capri y después te llevaré a ver la costa amalfitana –le dijo Leonardo mientras ponía en marcha el motor–. A lo mejor hasta sobrevolamos el Vesubio.

–Pero... –protestó ella, que había pensado que iban a dar un breve paseo.

–No hay peros que valgan, Veronica. He alquilado esta belleza cuatro horas y pretendo disfrutarla. Después comeremos en Sorrento. He reservado una mesa en el jardín de la mejor *trattoria* de la ciudad. Si nos da tiempo, volaremos hacia el sur para ver rápidamente Nápoles antes de volver. ¿Qué te parece? –le preguntó mientras el helicóptero ascendía.

A ella se le encogió el estómago y contuvo la respiración.

–Respira –le aconsejó él–. Y deja de preocuparte. Soy muy buen piloto.

Ella no tenía ninguna duda, pero no podía evitar estar nerviosa. El consejo de respirar funcionó. Además, pronto empezó a distraerse con las vistas.

Leonardo rodeó la isla tres veces, señalando los mismos lugares de interés que Franco le había enseñado. Aunque todo se veía mejor desde el cielo. Mejor y más bonito. Las antiguas ruinas romanas, las rocas junto al mar, los pequeños pueblos y las bonitas playas. Algunas casas eran impresionantes, con cuidados jardines y enormes piscinas, y otras mucho más pequeñas. Estas últimas debían de pertenecer a personas normales y corrientes que habían vivido siempre allí, no a los multimillonarios que compraban villas en Capri, tal vez por privacidad o para impresionar.

Leonardo no era uno de ellos. Veronica estaba segura de que no quería comprar la villa de Laurence para impresionar a nadie. No sabía si lo que le gustaba de la casa eran las vistas o si había algo más. No quiso preguntárselo en aquel momento. No quería que nada estropease el recuerdo de lo que estaba viendo.

De repente, el helicóptero giró hacia la derecha y se alejó de Capri.

–Ahora vamos a ver la costa amalfitana –anunció Leonardo.

Si Capri le había encantado, pronto descubrió el motivo por el que la costa amalfitana era el lugar más visitado de Italia. Todo era espectacular, los pueblos, los acantilados, las casas blancas que brillaban bajo la luz del sol.

–¿Te gusta? –le preguntó Leonardo al oírla suspirar.

–Leonardo, tienes un país increíble. Aunque no me gustaría recorrer esa carretera en coche –respondió, señalando hacia una carretera que recorría la costa pegada a los acantilados.

–Te encantaría, en el coche adecuado. Un Ferrari sería perfecto.

–¿Tienes un Ferrari?

–Por supuesto, pero por desgracia está en Milán. Podría traerlo un fin de semana, si quieres.

–No seas tonto, está demasiado lejos.

Él se encogió de hombros.

–Las carreteras son buenas. Y el coche, rápido.

–No lo dudo, contigo al volante. Te gusta la velocidad, ¿verdad?

–Sí, es una de mis pasiones. Me encanta cualquier

cosa que haga que se me acelere el corazón. Mi tío dice que soy adicto a la adrenalina. Solo me calmo cuando estoy en Capri.

–Y ni siquiera siempre –comentó ella.

Leonardo se echó a reír.

–Si lo dices por lo que ocurrió anoche, fue más culpa tuya que mía. Cuando volvamos a casa te demostraré lo despacio que puedo llegar a ir en la cama. En el sexo no suelo acelerarme. Me gusta tomarme mi tiempo con las mujeres, si me dejan.

Veronica sintió calor. Estaba deseando volver a Capri. A la cama.

Sintió vergüenza. Nunca había estado con un hombre que hablase tan abiertamente de sexo.

En cualquier caso, ella no iba a decirle que no. Lo deseaba tanto que le daba miedo. Lo que sentía por él era tan fuerte que le hacía perder la razón. Deseaba a Leonardo e iba a ser suyo. Nada podría detenerla y él tampoco le iba a decir que no.

–Es hora de comer –anunció Leonardo de pronto–. No sé tú, pero yo, de repente, tengo mucha hambre.

Capítulo 17

EN REALIDAD, Leonardo no quería comer, quería llevarse a Veronica de vuelta a Capri. No tenía hambre de comida, solo de ella.

No se atrevió a volver a mirarla y se dirigió hacia Sorrento. La última mirada que habían intercambiado había estado a punto de delatarlo. Porque durante los años de incontables aventuras sexuales con bellas mujeres, nunca había conocido a nadie como Veronica.

Quería preguntarle por el hombre, u hombres, que le habían hecho daño en el pasado, pero por experiencia supo que no debía hacerlo en aquel momento. Siempre era peligroso preguntar a una chica acerca de su pasado sentimental. Corría el riesgo de implicarse con ella y no quería hacerlo, sobre todo, con Veronica. No sabía el motivo, aunque se le había pasado algo por la cabeza, algo que había amenazado con desequilibrarlo por completo. Así que lo había apartado de su mente y se había concentrado en lo que se le daba mejor con las mujeres.

El sexo.

Veronica siempre había sido capaz de descifrar las emociones de otras personas por su lenguaje corporal. Tras observarlas un rato, podía ver más allá de la fachada y sentir su dolor, tanto físico como mental. Eso era lo que la había convertido en una buena fisioterapeuta: el modo en el que hablaba a sus clientes mientras los trataba, la capacidad para averiguar lo que les dolía y, sutilmente, darles algún consejo.

Así que al ver que Leonardo se ponía repentinamente tenso y guardaba silencio, supo que algo le inquietaba, pero no supo el qué. En aquella ocasión no tenía ni idea.

Aterrizaron sin problemas, aunque con cierta brusquedad, en Sorrento. Por extraño que pareciese, Veronica había dejado de sentir miedo a volar y estaba completamente centrada en el hombre que tenía al lado. Quería decir algo que rompiese aquel incómodo silencio que se había instalado entre ambos y, por fin, cuando él apagó el motor y las hélices dejaron de girar, comentó:

–Vaya, se me ha olvidado hacer fotografías. Esta mañana, al levantarme y ver que hacía tan buen día, he pensado que iba a fotografiarlo todo para enseñárselo a mi madre.

Leonardo se quitó los auriculares y sonrió, y ella se sintió aliviada.

–No te preocupes –le dijo él–. Puedes hacerlas a la vuelta.

–Tienes razón –respondió ella, sorprendida por la belleza de los ojos de Leonardo–. No hay motivos para preocuparse.

O sí. No quería enamorarse de aquel hombre. ¡Aquello sería un desastre!

«No le des más importancia de la necesaria», se dijo a sí misma. «No te preguntes qué le preocupaba hace un minuto, seguro que no era nada serio. Y, en cualquier caso, seguro que no tenía nada que ver contigo».

–Qué alto está esto –comentó mientras Leonardo la ayudaba a bajar del helicóptero.

–Sorrento está construido en un volcán. Por cierto, que se me ha olvidado enseñarte el Vesubio, lo siento.

–No pasa nada. Sobrevolar un volcán en helicóptero no está entre las cosas que quiero hacer antes de morir.

–Nunca es tarde para añadir puntos nuevos.

–Tal vez tengas razón.

Leonardo la agarró del codo y la llevó hacia un taxi.

–¿Y qué quieres hacer tú antes de morir? –le preguntó ella.

–No hay nada que no haya intentado ya.

«Salvo casarte y tener hijos», le vino a la cabeza sin darse cuenta. Aunque Leonardo no quería casarse ni tener hijos. ¿O sí?

«No olvides, Veronica, que es un playboy».

–Deberías sacar el teléfono y hacer alguna fotografía de camino al restaurante –comentó él–. Y en la *trattoria* también, es un lugar muy especial.

Y lo era. Especial y muy bonito.

El salón interior era muy elegante, digno de un palacio, pero no comieron allí, sino en el jardín. A Veronica le recordó a la cena bajo la pérgola del día anterior, pero a mayor escala, con mesas de hierro forjado en vez de madera, y mullidos cojines en las sillas. Sobre sus cabezas se extendía un manto de flores de todos los colores y a través de ellas se veía el cielo, lo que le hizo pensar que no se podría comer allí en un día de lluvia.

Pero no llovía. Hacía un día maravilloso, el entorno y el servicio eran estupendos y la compañía, más.

–¿Qué te gustaría beber? –le preguntó Leonardo–.

Yo no voy a tomar alcohol. Nunca bebo cuando vuelo. Así que pediré agua mineral.

–Lo mismo para mí –respondió ella, que no quería que el alcohol le afectase a los nervios. Si iba a tener una aventura con Leonardo, quería hacerlo con la cabeza despejada.

–¿Estás segura? –le preguntó él–. ¿No quieres ni una copa de vino?

–No, tu compañía es suficientemente embriagadora –respondió ella en tono coqueto.

Él la miró con sorpresa y sonrió.

–No me adules, Veronica –le dijo–. Ya soy tuyo.

Ella se echó a reír.

–Me alegra oírlo, Leonardo –respondió, decidiendo que lo mejor era no dar importancia a nada–. Lo de anoche fue demasiado rápido.

–Estoy completamente de acuerdo. Ahí viene el camarero. ¿Te gustaría que pidiese por ti?

–Sí.

Veronica no entendió lo que pedía, pero supo que estaría todo delicioso.

Pronto llevaron el agua y un pan con hierbas aromáticas.

–¿Te importa que te haga una pregunta personal? –sugirió cuando el camarero se hubo marchado.

–Eso depende –respondió él con cautela–. Ya te he dicho antes que no me gusta hablar de mis relaciones pasadas.

Veronica sonrió divertida.

–No tienes relaciones de las que hablar, según he oído. No, siento curiosidad por la razón por la que quieres comprar la casa. ¿Es solo por las vistas o por tener un lugar al que escapar cuando vas a ver a tus padres?

–Supongo que por ambos motivos. También, porque tengo buenos recuerdos allí. Las semanas que estuve en la casa con Laurence después de romperme el tobillo fueron de las más felices de mi vida. Aprendí a controlar mi inquietud y a encontrar el placer en actividades que no eran físicas. Y eso se lo tengo que agradecer a tu padre.

A Veronica le costó no sentir celos. A ella también le habría gustado pasar varias semanas en la casa con su padre, que él le hubiese enseñado a jugar al ajedrez, a escuchar su música favorita en la terraza. Tal vez incluso habría aprendido a apreciar el vino.

No obstante, le gustó oír aquello de él.

–¿Cómo te rompiste el tobillo? –le preguntó–. Supongo que esquiando.

–No. Escalando.

–Desde luego, haces de todo.

Leonardo se encogió de hombros.

–No puedo evitarlo. Me gustan los retos.

–Tal vez deberías plantearte retos que no fuesen tan arriesgados.

–¿Como pasarme la noche haciendo el amor?

Sus miradas se cruzaron, Veronica vio deseo en la de él y supo que la suya era parecida.

Casualmente llegó el primer plato en aquel momento, un plato de pasta con beicon, berenjena y champiñones. Veronica aprovechó la oportunidad para apartar la mirada de los ojos de Leonardo.

–Está delicioso –comentó después de haber tomado un par de bocados–. Aunque me alegro de que la ración sea pequeña. Llena mucho.

–Por eso he pedido pez espada a la plancha de segundo, acompañado de ensalada. Quería poder tomar postre.

–Espero que no engorde tanto como el postre que hizo tu madre anoche.

–No tanto.

Cuando por fin llegó, Veronica lo miró con reproche.

–Mentiroso.

Era una masa rellena de crema pastelera y servida con una buena ración de nata montada, pero estaba demasiado bueno como para resistirse. Lo mismo que Leonardo.

–He pensado que ibas a necesitar calorías extra para sobrevivir a la noche que te espera.

Veronica intentó responder de manera ingeniosa, pero no fue capaz.

Después del postre les sirvieron un café que habría podido resucitar a Lázaro de entre los muertos y que excitó a Veronica todavía más.

Aunque se dijo que, de todos modos, era normal que estuviese nerviosa cuando sabía de antemano que iba a pasar la noche en la cama con Leonardo.

El viaje de vuelta a Capri fue una agradable distracción y Veronica hizo fotografías de todos los paisajes.

–Mi madre va a querer venir de vacaciones cuando se las envíe –comentó.

–Debería hacerlo –le respondió Leonardo–. Se podría alojar en la casa.

–La casa pronto será tuya.

–Cierto.

–Pero podría quedarse en el Hotel Fabrizzi –sugirió ella.

–¿Y vendrías tú con ella?

–Probablemente. Aunque entonces no nos alojaríamos en el hotel de tus padres, Sophia sospecharía que yo vuelvo para verte a ti y volvería a hacer de casamentera.

Leonardo se encogió de hombros y ella sacudió la cabeza.

–No deberías darle alas, tu madre piensa que quieres casarte.

–Pues discutir con ella la provoca todavía más. Además, sí que quiero casarme, cuando encuentre a la persona adecuada.

Ella se echó a reír al oír aquello.

–Tu madre no vivirá para verlo. Eres muy cruel, Leonardo.

–En absoluto. Soy un buen hombre, pero un hombre muy soltero. Y que disfruta de su soltería –añadió, mirándola de manera pícara.

Veronica sintió un estremecimiento, sintió calor. Se le endurecieron los pezones y se le encogió el estómago. Y todo por una mirada.

–Sigue haciendo fotos –le ordenó él–. Y yo voy a asegurarme de que aterrizamos sanos y salvos. Hay mucho viento hoy y este aparato es muy ligero.

Aterrizó sin problemas, pero el viento despeinó a Veronica al bajar y dirigirse al taxi que los estaba esperando. Por suerte, no se trataba del de Franco, así que no tendría que darle conversación.

Se peinó con los dedos y subió al taxi delante de Leonardo, que indicó al conductor que los llevase al Hotel Fabrizzi.

–No te preocupes –le susurró a Veronica–. Mi madre estará ocupada dentro. Podrás subir a casa sin que te vean y yo te seguiré poco después. Solo tengo que recoger algunas cosas para quedarme a pasar la noche.

–Pero ¿qué van a pensar? –le preguntó ella en voz baja.

Leonardo volvió a encogerse de hombros, era un gesto que utilizaba mucho.

–Me niego a vivir de acuerdo con las expectativas de los demás. Ahora, calla.

Siguieron en silencio el resto del breve camino hasta el hotel, aunque el silencio hizo que el camino resultase más largo. A Veronica le pareció que era un silencio muy sensual, que hacía que su cabeza diese vueltas del deseo. Cuando llegaron no podía estar más excitada. Salió a toda prisa del taxi y se alejó rápidamente de él para subir las escaleras. No miró atrás. Sabía que Leonardo no tardaría en seguirla, que pronto estarían juntos.

Un estremecimiento la recorrió mientras recuperaba la llave del geranio. Su cuerpo se sacudió como un barco bajo una tempestad y eso le hizo volver a pensar que Leonardo y ella eran como dos barcos que se cruzaban en la noche.

Si aquello hubiese sido verdad...

No eran barcos que se cruzaban en la noche, sin consecuencias ni complicaciones. Estaban a punto de colisionar.

Tembló mientras entraba en la casa. Estaba nerviosa, pero no tenía miedo. ¿Por qué no tenía miedo? Debía haberlo tenido. ¿Por qué no le importaban las consecuencias ni las complicaciones? Leonardo hacía que se comportase de manera inquieta y alocada. ¿O era el deseo el que hacía que actuase así? ¿Lo que hacía que lo único que le importase fuese la promesa del placer?

Aunque Leonardo no era la promesa del placer, sino el placer personificado.

Veronica sintió todavía más calor al pensarlo, empezó a sudar. Y se preguntó si olería a sudor.

Siempre había sido muy especial con la higiene personal y había odiado que sus clientes acudiesen a la consulta sin haberse duchado antes. ¿Le daría tiempo a una ducha rápida?

Solo había pasado un minuto desde que se había despedido de Leonardo y seguro que él tardaba al menos cinco más en subir. Seguro que su madre lo asediaba a preguntas acerca del día que habían pasado juntos.

Así que se desnudó y corrió al cuarto de baño que había en la habitación principal.

Capítulo 18

LEONARDO agradeció que reinase el caos en el hotel. Pudo entrar en su habitación y tomar lo que iba a necesitar para pasar la noche con Veronica sin que lo viesen su padre ni su madre. Elena lo llamó desde el mostrador de recepción cuando se disponía a salir.

–¿Vas a alguna parte? –preguntó en italiano mirando la bolsa de fin de semana.

–Me voy a quedar en la habitación de invitados de Laurence esta noche –respondió él–. No soporto el ruido cuando esto está lleno.

–¿A Veronica no le importa? –inquirió su hermana.

–¿Por qué iba a importarle? Ha venido a averiguar cómo fue su padre y yo soy el que mejor lo conocía, así que puedo contarle todo lo que necesite saber.

Elena sonrió.

–Es muy guapa. Y agradable. Será una buena esposa para el afortunado que se case con ella.

Él se limitó a devolverle la sonrisa, le dijo que no se metiese en sus asuntos y se marchó.

Le molestaba que su familia insistiese tanto en que sentase la cabeza. No tenía la intención de casarse solo para tener un heredero. En cualquier caso, lo de los apellidos y los herederos formaba parte del pasado.

Corrió en dirección a casa de Laurence.

Se dijo que tal vez no fuese buena idea pasar toda

la noche con Veronica. Él siempre había mantenido su vida sexual apartada de Capri. Nunca había llevado a ninguna novia al hotel de sus padres. Sabía que no era buena idea. Iba allí a descansar, no a meterse en líos. La casa de Laurence había sido su santuario, su refugio. Sentado en la terraza, disfrutando de las vistas y bebiendo vino, todos sus demonios internos solían alejarse. No pensaba en cómo se había quedado sin el amor de su vida: el esquí. No había necesitado el sexo para distraerse. Se había sentido relajado.

En esos momentos no estaba precisamente relajado.

No, todo lo contrario.

Subió los escalones de dos en dos, presa del deseo.

Vio que la puerta estaba abierta y sonrió mientras pensaba que a Veronica no le preocupaba mucho el tema de la seguridad. Era evidente que tenía la mente en otras cosas. Leonardo había sentido la tensión sexual en el taxi. Había visto el deseo en sus pupilas dilatadas.

No iban a necesitar juegos preliminares la primera vez, pensó, dejando caer la bolsa en el suelo de la habitación de invitados antes de disponerse a buscarla. Se habían pasado todo el día jugando.

Oyó la ducha y fue en esa dirección.

Veronica estaba en la ducha. Desnuda, por supuesto.

Él la observó. Era la primera vez que la veía desnuda y le pareció preciosa. Su figura era delgada, pero femenina. El tamaño de sus pechos era suficiente. Tenía todo lo que debía tener. A Leonardo nunca le habían atraído las mujeres voluptuosas, siempre las había preferido atléticas.

Ella debió de sentir su presencia, porque giró la cabeza y lo miró a través del cristal. Leonardo no supo si se había ruborizado o estaba colorada por el calor del agua.

Él dio un paso al frente y abrió la mampara, Veronica cerró el grifo y se giró, tocándose el pelo que llevaba recogido en lo alto de la cabeza con nerviosismo.

–No... no pensé que serías tan rápido –dijo con voz temblorosa–. Tenía calor.

Leonardo le tendió una de las dos toallas blancas que había colgadas cerca de la ducha. Ella la tomó y se envolvió en ella, su mirada seguía siendo vulnerable. No era posible que fuese tan tímida, no lo había sido la noche anterior.

–Tal vez me dé una ducha rápida yo también –comentó Leonardo–. Me vendría bien refrescarme un poco.

Y era cierto, necesitaría una ducha helada si no quería repetir la actuación de la noche anterior. Se había comportado como un adolescente ansioso, incapaz de controlarse.

–¿Por qué no vas poniendo un par de copas de vino? –sugirió–. Estaré contigo en un momento.

–Ah, de acuerdo. ¿Algún vino en concreto?

–No. El que Carmelina haya puesto a enfriar me parecerá bien.

Veronica intentó no pensar en nada mientras iba a buscar el vino, intentó no sentirse avergonzada de que Leonardo la hubiese sorprendido en la ducha. Al fin y al cabo, a él no le había dado ninguna vergüenza. Ella sospechaba que nada le daba vergüenza, mucho menos la desnudez.

En la puerta de la nevera había varias botellas de vino blanco, Veronica tomó un Chablis y buscó copas en los armarios de la cocina. Había muchas, pero uno de los juegos llamó su atención. Eran bastante grandes, con los tallos largos y delgados, de vidrio verde. Se preguntó si el vidrio verde le habría gustado a su padre o a la esposa de este.

Entonces se dio cuenta de que se le había olvidado que estaba allí para averiguar todo lo posible acerca de su padre. Y todo por culpa de Leonardo, pensó, viéndolo llegar desnudo bajo la toalla blanca que llevaba enrollada alrededor de la cintura.

Era el hombre más guapo que había visto nunca. Ni siquiera lo podía comparar con ningún actor o modelo. Todo en él era perfecto: su cara, su piel, su cuerpo.

Era su cuerpo lo que estaba mirando en esos momentos. Se había acostumbrado a su atractivo rostro y a su piel morena, pero no a ver su cuerpo desnudo. La noche anterior habían ido demasiado deprisa. Se le aceleró el corazón mientras lo recorría de arriba abajo con la mirada.

¡Era el sueño de cualquier mujer hecho realidad!

Siempre le habían atraído los hombres atléticos y Leonardo era eso y mucho más. Su cuerpo era perfecto, desde los hombros anchos, pasando por el vientre plano y la cintura estrecha, hasta llegar a las largas piernas.

Le tendió la copa de vino, sorprendiéndose a sí misma al ver que no le temblaba la mano.

Él la aceptó y le dio un sorbo sin apartar la mirada de la de ella. De repente, había tensión en el ambiente, una tensión que solo podrían aliviar de una manera, pero Veronica se quedó donde estaba, levantó su copa y le dio un buen sorbo. Aunque no necesitaba alcohol para sentirse aturdida.

Él vació la copa muy despacio, mirándola fijamente a los ojos, buscando tal vez alguna señal que le indicase cómo proceder. O eso, o estaba intentando torturarla.

Por fin, cuando Veronica ya no podía más, Leonardo dejó la copa en la encimera y se acercó a ella. Sonriendo, le quitó la copa de la mano y la dejó al lado de la suya. Entonces, en vez de besarla, como ella había pensado que haría, le deshizo el moño en el que llevaba recogido el pelo y dejó caer su gruesa y ondulada melena sobre los hombros.

–Llevaba todo el día deseando hacer esto –murmuró, hundiendo los dedos en su pelo.

Veronica parpadeó.

–Pero si he llevado el pelo suelto todo el día.

–Me refería a tocarlo.

–Ah...

–Y a tocarte a ti.

Apartó la mano de su melena y le acarició el cuello, los hombros, y la abrazó mientras inclinaba la cabeza lentamente hacia ella. Veronica mantuvo los brazos a ambos lados del cuerpo, estaba aturdida. A pesar de que su actitud parecía ser de sumisión, había separado los labios antes de que él la besara. Leonardo gimió, pero no se apresuró, siguió moviéndose muy despacio.

El gemido de Veronica la delató. Leonardo levantó la cabeza.

–Es una tortura, ¿verdad?

Ella no respondió. No podía ni hablar.

–Mereces que te torture –continuó él, tomándola en brazos–. Eres de esa clase de mujeres que vuelve locos a los hombres, con esos grandes ojos violetas y esa forma de actuar tan coqueta.

De camino al dormitorio, Veronica sintió que recuperaba el habla.

–Pienso que estás muy equivocado, Leonardo. Eres tú el que vuelve locas a las mujeres. Y lo sabes.

Por un instante, Leonardo se mostró sorprendido, después se encogió de hombros.

–Es cierto que tengo un buen historial.

Veronica se echó a reír.

Él la tiró encima de la cama, como había hecho la noche anterior, puso los brazos en jarras y la fulminó con la mirada.

–No sé qué es lo que te resulta tan gracioso –comentó.

–¿No?

Veronica dejó de reírse, pero siguió sonriendo.

–Pensé que íbamos a tener sexo, Leonardo –le respondió–. No a discutir.

Él hizo un gesto muy sexy con los labios.

–No quiero tener sexo contigo, Veronica.

Aquello le sorprendió.

–¿No?

–No, eso ya lo hicimos anoche. Hoy quiero hacerte el amor.

A ella le dio un vuelco el corazón. No eran más que palabras, pero unas palabras que le gustaron mucho. Hacía mucho tiempo que no le decían algo así, tal vez demasiado. Leonardo la conmovió.

«Ten cuidado», se advirtió a sí misma. «Ten mucho cuidado».

–Encantada –le respondió, intentando no parecer demasiado ansiosa.

–Bien.

Leonardo se inclinó y le quitó la toalla en la que todavía estaba envuelta. La miró con deseo.

–*Bellissima* –murmuró, quitándose su toalla también y tirándola al suelo.

Él sí que era *bellissimo*, pensó Veronica, apartando la vista de su erección y poniéndose cómoda en la cama, con la cabeza apoyada en las almohadas. Leonardo se tumbó a su lado y se apoyó en el codo izquierdo mientras empezaba a acariciarla con la mano derecha, primero un pecho y después el otro, atento a la reacción de sus pezones.

Cuando la oyó gemir de placer, la miró a los ojos.

–Te gusta, ¿verdad?

–Sí.

–¿Y esto? –le preguntó, apretándole el pezón despacio, pero con más fuerza.

Ella volvió a gemir de placer. Aquello no era hacer el amor, se dijo, sino algo diferente, algo delicioso e inquietante. Inquietante porque le gustaba demasiado.

–No, no –gimoteó.

Él apartó la mano.

–No pretendía hacerte daño –se disculpó.

–Bésame –le pidió ella.

Y la besó. Ella lo abrazó y lo ayudó a tumbarse encima de su cuerpo. Enseguida sintió que el beso no era suficiente, por supuesto, lo deseaba demasiado. Separó las piernas debajo de él y levantó las rodillas. Y Leonardo obedeció, penetrándola después de dudarlo solo un instante. La sensación fue fantástica. Él empezó a moverse en su interior y Veronica balanceó las caderas al mismo compás. Leonardo gimió profundamente y aceleró el ritmo. Veronica nunca había sentido tanto placer. Ni tanta tensión. Quería llegar al clímax y, al mismo tiempo, no quería que aquello se terminase jamás.

–*Dio* –bramó Leonardo al llegar al orgasmo.

Ella le clavó las uñas en la espalda, ajena a todo menos al placer que acababa de sentir entre sus brazos.

Capítulo 19

LEONARDO no se podía creer que hubiese vuelto a hacerlo. Había perdido el control y no se había puesto el preservativo. Los había dejado en la mesita de noche, junto con el reloj y el teléfono.

Aunque no tenía de qué preocuparse.

¿O sí? Porque Veronica le había dicho la verdad con respecto a que tomaba la píldora.

Se apartó de manera brusca y suspiró con preocupación.

–¿Qué ocurre? –le preguntó ella.

–Nada –murmuró, enfadado consigo mismo–. Solo... que no he utilizado preservativo.

–Ah. Yo iba a decírtelo, pero se me ha olvidado también.

–Supongo que no importa, dado que tomas la píldora –continuó él–, aunque la píldora tampoco es cien por cien infalible.

Entonces fue ella la que suspiró.

–Cierto.

Leonardo deseó no haber sacado aquel tema de conversación. Acababan de compartir un momento increíble y odiaba haberlo estropeado.

–Mira, Leonardo –le dijo ella–. No te preocupes. De todos modos, me tiene que venir la regla el lunes. Y si el destino nos jugase una mala pasada, me ocuparía de ello. Jamás utilizaría un embarazo para intentar atraparte.

Sus palabras lo sorprendieron.

–¿Abortarías? –le preguntó.

A él lo habían educado de otra manera. Para él, la vida era algo sagrado.

–Yo no he dicho eso –replicó Veronica, levantándose de la cama–. Tengo que ir al cuarto de baño.

Veronica llegó al baño justo antes de que se le saltasen las lágrimas. No sabía por qué estaba tan disgustada. Tal vez porque él se había apartado de su cuerpo nada más terminar de hacerle el amor y la había hecho sentirse abandonada. Leonardo había estropeado el romanticismo del momento al preocuparse porque no había utilizado protección.

También estaba molesta consigo misma por no haberse acordado ella del preservativo, aunque en el fondo supiese que tenía un noventa y nueve por ciento de posibilidades de no quedarse embarazada. ¿Cómo iba a arriesgarse a quedarse embarazada de un hombre como él?

Y le molestó que Leonardo pudiese pensar que ella era como aquella otra chica que le había mentido.

«Tú también le has mentido, Veronica. Por omisión. Le has hecho pensar que tomas la píldora cuando no es verdad. Que sepas que no es el momento adecuado del mes no es excusa».

Se sentía culpable. Y arrepentida. Pero ya era demasiado tarde para decirle la verdad. Leonardo no la comprendería, no sabía que su cuerpo funcionaba como un reloj. Solo había dejado de hacerlo cuando Jerome había muerto, por el estrés, le había dicho el médico, pero después había vuelto a su ritmo normal.

Veronica suspiró. Se lavó las manos y se miró al

espejo. Se notaba que había llorado y estaba despeinada. Sin pensárselo dos veces, volvió a meterse en la ducha y gritó cuando, al principio, el agua salió helada. Volvió a gritar cuando Leonardo abrió la mampara.

–¿Estás bien? –preguntó, nervioso.

–El agua estaba muy fría –balbució ella–, pero ya está mejor.

Él dejó de fruncir el ceño y sonrió.

–Soy un tonto –dijo–. Confío en ti, Veronica. De verdad. ¿Me perdonas?

No esperó a oír su respuesta, entró en la ducha y la tomó entre sus brazos. Se besaron bajo el agua, Leonardo le acarició la espalda, le apretó el trasero y la abrazó con fuerza contra él.

–¿Ves cómo me pones? Cualquiera diría que llevo meses sin sexo.

–Pobre Leonardo. Seguro que llevabas por lo menos una semana en el dique seco.

–Más.

–¿Dos semanas?

–Tienes muy mala opinión de mí. Te aseguro que, desde que falleció Laurence, el sexo es lo último en lo que he pensado.

Veronica suspiró al oír que mencionaba a su padre.

–He venido por él, pero desde que he llegado solo he querido estar contigo. Eres como una droga, Leonardo. Una droga muy adictiva.

–¿Eso es una crítica o un cumplido?

–Seguro que te lo has tomado como un cumplido.

–Si insistes –comentó él sonriendo–. Ven. No me gusta hacer el amor en la ducha, prefiero la cama.

Cerró el grifo y volvió a abrir la puerta de la mampara para salir, pero no había toallas en el baño, ambas estaban tiradas en el suelo del dormitorio.

–Habrá que ir corriendo a por las toallas –sugirió Leonardo.

–De acuerdo –respondió Veronica, escurriéndose el pelo antes de salir.

Eran como dos adolescentes traviesos que se habían bañado desnudos en el mar y corrían a por la ropa. Ambos fueron a por la toalla que estaba más cerca y tiraron de ella a ver quién se la quedaba, pero Leonardo cedió y se la dejó a Veronica, que no se envolvió en ella, sino que se frotó el cuerpo y después se la enrolló en el pelo mojado. Una vez hecho eso, se subió a la cama y, sentada contra las almohadas, cruzó los brazos sobre los pechos desnudos.

–Estoy lista –dijo.

Leonardo levantó la vista y negó con la cabeza.

–De eso nada. No voy a hacerte el amor con la toalla en la cabeza. Quítatela.

Ella se sintió tentada a contradecirlo, pero no quería verlo enfadado. Cuando algo lo molestaba, Leonardo dejaba de ser el hombre sonriente y encantador, todo su rostro se ensombrecía, se le tensaban los hombros. No era de extrañar que hubiese sido un fiero competidor en las pistas de esquí. No le gustaba perder. Y no le gustaba que ninguna mujer le dijese que no.

–Todavía tengo el pelo húmedo –protestó ella mientras se quitaba la toalla.

–Me gustas húmeda –le respondió él en tono pícaro.

Veronica intentó buscar una respuesta picante, pero Leonardo ya estaba a su lado en la cama.

–Esto tampoco me gusta –añadió, descruzándole los brazos y colocándoselos por encima de la cabeza.

Por suerte, enseguida se los soltó. A Veronica no le habría gustado lo contrario. O sí. Al parecer, todo lo que Leonardo le hacía le gustaba. Y le gustó que recorriese su cuerpo con la boca. Le encantó. Sabía muy bien dónde y cómo besarla, y cómo acariciarla.

A veces la sorprendía, pero Veronica nunca deseaba que parase. Lo único que salió de sus labios fueron gemidos al llegar al orgasmo. Tres veces en otros tres minutos. Casi no se lo podía creer. Nunca antes había tenido orgasmos múltiples, de hecho, había pensado que era algo que solo ocurría en los libros y en la imaginación de sus escritores.

Pero aquello era real. Y ella estaba a punto de tener otro orgasmo más.

En esa ocasión, Leonardo se detuvo justo a tiempo y la penetró con su magnífica erección. Era evidente que lo que había estado haciendo también lo excitaba a él.

Veronica no llegó al clímax inmediatamente, como había pensado que ocurriría, y pensó que tal vez había terminado con su cupo de orgasmos por el día, pero los movimientos del cuerpo de Leonardo fueron excitándola otra vez. Y empezó a moverse ella también. Leonardo gimió y susurró su nombre con más pasión de la que Veronica había oído jamás en labios de un hombre. De repente, le ocurrió algo. Algo que no supo identificar. No era físico, sino emocional, una sensación de estar unida a alguien que hizo que bajase los brazos y apretase a Leonardo con fuerza.

–Leonardo –susurró.

Y entonces llegó el orgasmo, a la vez que el de él. Sus cuerpos se rindieron suavemente al placer y Veronica sintió ganas de llorar. Lloró, pero en silencio. Los espasmos duraron tanto que le dio tiempo a secarse las lágrimas y a recuperar el sentido común.

«Me he enamorado», se dijo. «Es algo que a él se le da muy bien, así que cálmate, Veronica».

Pero estaba tan cansada que se durmió. No vio que Leonardo la miraba con el ceño fruncido antes de apartarse. No pudo preocuparse por su lenguaje corporal, que hablaba de preocupación y confusión.

Leonardo se quedó tumbado a su lado, incapaz de dormir, algo poco habitual en él después de tanto sexo. Estaba preocupado. Le preocupaba que Veronica pudiese gustarle tanto, demasiado.

«Admítelo, Leonardo, lo que sientes cuando haces el amor con ella va mucho más allá de lo que habías sentido hasta ahora», se dijo. Y, sospechosamente, se parecía mucho a lo que él se imaginaba que debía de ser estar enamorado.

El problema era que no quería enamorarse de Veronica. Todavía no quería enamorarse de ninguna mujer, pero, si tenía que ocurrir, no quería que fuese con una australiana de veintiocho años que tenía demasiado bagaje emocional y que pensaba de él que era un mujeriego.

No. Él no era así. Aunque no le durasen mucho las novias. Aunque le aburriesen, como tantas otras cosas en la vida, no las engañaba. Nunca. Siempre rompía antes de empezar una nueva relación. Tenía aventuras de una noche, sí, pero cuando no estaba con nadie y, sobre todo, cuando se sentía mal.

Sintió que su estado de ánimo empezaba a empeorar. Odiaba sentirse así, perder el control. De hecho, había perdido el control desde que había conocido a la chica que tenía al lado, durmiendo, como si no tuviese ninguna preocupación. Maldijo sus ojos violetas y su deliciosa boca. Y maldijo a Laurence por haberle dejado en herencia aquella casa.

«Laurence...».

Si Laurence hubiese seguido vivo... Él había sabido hacerle cambiar de humor. Le habría puesto música clásica, le habría servido una copa de vino y se habrían sentado en la terraza, si era verano, o junto a la chimenea en invierno, unas veces charlando y otras en silencio. Relajados.

Leonardo pensó que podía hacer eso, pero no sería lo mismo, él solo. No funcionaría. Necesitaba el razonamiento lógico de Laurence, su pragmática presencia. Había sido un hombre singular. Y Veronica se parecía a él. Le gustaba su compañía, era fácil hablar con ella. Había disfrutado mucho de la excursión de esa mañana y de la comida en Sorrento. Por desgracia, la química que había entre ambos era difícil de ignorar y le hacía perder el control, lo que lo ponía de mal humor.

Eso era lo que lo molestaba de enamorarse, que uno perdía el control. Todavía no entendía cómo era posible que se le hubiese olvidado utilizar protección. ¿En qué había estado pensando?

Pero ya estaba hecho. Y le había encantado.

Tal vez porque era otro nivel de intimidad. Seguro que se trataba solo de eso, del placer del sexo sin protección, seguro que no se estaba enamorando.

Bostezó. Tal vez pudiese dormir después de haber elaborado sus sentimientos.

Se dio la vuelta y puso un brazo alrededor de Veronica, que se acurrucó contra él. Leonardo sonrió satisfecho y se durmió enseguida, contento con la idea de que Veronica siguiese allí cuando él se despertase.

Capítulo 20

NO ESTABA a su lado.

Leonardo abrió los ojos y vio que la cama estaba vacía a su lado. Se desperezó y se preguntó qué hora sería y cuánto tiempo haría que Veronica se había levantado. Todavía era de día. Tomó el teléfono, no era tan tarde, solo las seis y media.

Se puso en pie y fue al baño, donde había dejado tirada la ropa. Cinco minutos después salía del dormitorio en busca de Veronica. La encontró sentada al escritorio de Laurence, que estaba en un rincón del salón. Ella también se había vestido y tenía una taza de café al lado. Y la mirada clavada en el ordenador.

El ordenador de Laurence.

–Aquí estás –dijo él.

Y Veronica giró la silla para mirarlo.

«Qué guapa es», pensó. Incluso sin maquillaje y con el pelo recogido.

–No quería despertarte –le respondió ella en tono frío, tomando la taza–. Así que me he dado una ducha en la habitación de invitados y me he vestido también allí. Estoy intentando entrar en el ordenador de mi padre, pero tiene contraseña.

–Yo conozco la contraseña.

–¿De verdad?

–Me la dio cuando estuve aquí con el tobillo roto. Algunas noches no podía dormir, así que me levantaba y jugaba al póquer en el ordenador. ¿Qué pretendes encontrar? –le preguntó, acercándose y tecleando la contraseña, que no era más que la fecha de cumpleaños de Ruth.

–No lo sé –respondió ella, poniéndose en pie–. ¿Quieres un café?

–Sí. *Grazie*.

–¿Por qué hablas italiano de repente?

Él se encogió de hombros.

–¿Acaso importa?

–No. Sí. Es decir, que entiendo algunas palabras, pero prefiero que no lo utilices.

–De acuerdo –dijo él, sonriendo y sentándose frente al ordenador–. A ver si encontramos algo esclarecedor.

Entró en la cuenta de correo electrónico de Laurence y metió la misma contraseña a ver si funcionaba.

Y funcionó, por supuesto. Borró todos los correos que eran *spam* y repasó los días en los que Laurence había viajado a Londres. Llamó su atención el correo de una agencia de detectives privados que le enviaba un documento PDF. Lo descargó y empezó a leerlo con el ceño fruncido. No era muy largo, pero incluía una fotografía.

–En la comida has tomado el café solo –dijo Veronica, dejando una taza a su lado–. ¿Has encontrado algo?

Veronica se inclinó hacia la pantalla y dio un grito.

–Dios mío. Esa soy yo.

–Sí.

–Pero...

–Es un mensaje de una agencia de detectives –le explicó Leonardo–. Es evidente que Laurence quiso saber cómo estabas antes de morir. También es evidente que lo que averiguó le hizo cambiar el testamento y dejarte esta villa en Capri.

–¿Y qué dice ese informe acerca de mí? –preguntó ella.

Leonardo no supo qué contestar. Tampoco sabía si sentirse triste por ella, o furioso porque le había engañado.

–Lo mejor será que imprima el informe para que puedas leerlo –le respondió.

–De acuerdo.

–Tal vez deberías sentarte.

Veronica se dejó caer en el sillón más cercano. Sabía lo que diría el informe e intentó buscar alguna excusa para explicar a Leonardo por qué le había hecho creer que se había dedicado a salir y a disfrutar de la vida, y que por ese motivo tomaba la píldora. Porque aquella mentira la tendría que mantener. Leonardo se pondría furioso si admitía que no tomaba ningún anticonceptivo.

Se le hizo un nudo en el estómago mientras la impresora escupía el informe.

Se preguntó si el detective también habría averiguado la verdad acerca de Jerome.

Tal vez no. Él la había ocultado bastante bien.

–Toma –le dijo Leonardo, dejando los papeles encima de la mesa del comedor.

Estaba enfadado con ella. Era comprensible.

El informe no era largo. Tres páginas. Pero, tal y como Veronica se había temido, explicaba bastante bien su situación. La pintaba como a una viuda triste, no como a la mujer amargada que era en realidad. O que había sido.

Porque Veronica ya no era aquella mujer. ¿O sí? Leonardo le había enseñado que se equivocaba al esconderse y compadecerse de sí misma. Aunque no fuesen a tener una relación seria, conocer a Leonardo le había hecho mucho bien, había hecho que viese al sexo opuesto de una manera mucho más optimista. Veronica lo recordaría durante el resto de su vida.

Así que decidió contarle la verdad. Aunque no fuese a contarle lo del engaño de Jerome, ya que Leonardo le había dicho que no le interesaba oír hablar mal de otros hombres. Además, no era asunto suyo. Tampoco le confesaría que no tomaba la píldora.

–¿Y bien? –le preguntó él, que había tomado una silla y se había sentado justo enfrente–. ¿Qué tienes que decir al respecto?

–No puedo añadir mucho más. Todo lo que pone aquí es verdad. Mi prometido falleció en un accidente de moto justo antes de que nos casásemos. Yo me quedé destrozada, estuve deprimida durante mucho tiempo. Y, sí, desde entonces he vivido como una monja. No ha habido ningún otro hombre en mi vida en los últimos tres años.

–Pues eso no es exactamente lo que me diste a entender –le reprochó él.

Veronica se encogió de hombros, como hacía él con frecuencia.

–¿Qué puedo decir? Cuando me enteré de que Laurence era mi padre y de que me había dejado una casa en Capri, me di cuenta de mi error y decidí empezar a vivir la vida de nuevo.

Leonardo tenía los labios apretados y el ceño fruncido, era evidente que desconfiaba de ella.

–Entonces, ¿cuándo empezaste a tomar la píldora? –inquirió.

–Hoy en día se toma la píldora por muchos motivos –respondió ella, cruzando los dedos por debajo de la mesa–. Protege de la osteoporosis y reduce la tensión premenstrual. No se trata solo de evitar un embarazo indeseado, aunque para tener sexo seguro no hay nada mejor que un preservativo.

Siempre había oído que la mejor defensa era un buen ataque.

Aquello lo distrajo, pero también pareció ofenderlo.

–Ya te he dicho que yo estoy limpio. Y que no soy tan malo como piensas.

–Sí que lo eres, Leonardo, pero no pasa nada, me gustas así. Eres divertido, y fantástico en la cama. Además, no tendré que preocuparme por romperte el corazón cuando me vuelva a Australia.

Él se quedó boquiabierto al oírla.

Veronica se habría echado a reír si sus propias palabras no hubiesen hecho que se le encogiese el corazón de repente. Tal vez fuese ella la que se marchase con el corazón roto.

Leonardo recuperó por fin el habla.

–No sé qué decir.

–No tienes que decir nada, ¿no?

Capítulo 21

LEONARDO intentó continuar enfadado, pero le resultó difícil en aquella situación. Cuando Veronica le sonrió, tuvo que devolverle la sonrisa. Sacudió la cabeza.

–¡Eres imposible!

–Eso me dice mi madre. Por cierto...

Se levantó del sillón y dejó el informe encima de la mesa.

–¿Adónde vas?

–A por mi teléfono, quiero enviarle a mi madre las fotos que he tomado hoy. Bébete el café e intenta encontrar algo más en ese ordenador. Después podrás enseñarme dónde está la bodega. También tendré que preparar algo de cenar. No sé qué hora es, pero estoy empezando a tener hambre.

Y desapareció, dejando a Leonardo hambriento, pero no de comida.

Él sacudió la cabeza y tomó el informe para volver a leerlo. No encontró nada nuevo en él, pero en esa ocasión sintió más pena por Veronica. Perder al hombre al que amaba justo antes de la boda debía de haber sido muy difícil para ella. La primera vez que lo había leído se había sentido sorprendido, engañado y enfadado. En esos momentos sintió también admiración por ella. Veronica había decidido dejar atrás su depresión y viajar a Capri y adoptar una actitud más alegre.

Laurence había hecho bien en dejarle la casa en herencia. Al fin y al cabo, era su hija.

Leonardo dobló las hojas de papel y se puso en pie, y entonces recordó que Laurence había hecho aquello mismo aquel último fin de semana. Debía de haber estado leyendo aquel informe cuando él había ido a verlo, pero le había ocultado el contenido. ¿Por qué? Habían sido buenos amigos, ¿por qué no le había contado Laurence que tenía una hija en Australia?

En vez de eso, habían estado bebiendo vino y hablando de que su familia insistía en que se casase. A Leonardo le dolió que su amigo no hubiese confiado en él. En vez de ello, había viajado a Londres a cambiar el testamento.

Leonardo desconocía los motivos por los que Laurence había actuado así. Tal vez para que su hija viajase a Capri, aunque esta podía haber vendido la casa sin moverse de Australia. No obstante, Laurence había sido un hombre inteligente. Y también había decidido nombrarlo a él albacea del testamento.

En cualquier caso, Leonardo sospechaba que, de no haber conocido a Veronica años atrás, ella no habría viajado a Capri.

La idea era terrible.

Lo mismo que la de que Veronica pronto volvería a Australia. Se preguntó cómo podría convencerla para que se quedase más tiempo en Capri. No se trataba solo de sexo, era su compañía lo que le gustaba. Era incluso mejor que tener a Laurence allí.

Acababa de volver a sentarse frente al ordenador cuando Veronica regresó.

–No he llamado a mi madre –le explicó–. Solo le he enviado las fotografías y un mensaje. El otro día me dijo que no hacía falta que la llamase todo el tiempo, que disfrutase de las vacaciones y me olvidase de todo lo demás. Así que esta vez le he hecho caso. ¿Has encontrado algo más?

–No –respondió él, sin querer admitir que ni siquiera había empezado a buscar.

–Bueno, al menos ya nos imaginamos por qué me dejó la casa. Supongo que sabría que mi madre me contaría que era mi padre y que yo vendría a Capri a averiguar más cosas acerca de él.

Leonardo tenía dudas al respecto, pero no lo dijo. Laurence había sido muy objetivo al analizar la mayoría de las cosas. Y Veronica parecía haber heredado parte de su pragmatismo, aunque, siendo fisioterapeuta y mujer, seguro que era más sensible que él. Pensó en cómo se comportaba en la cama y se excitó. Y le dolió que, algún día, aquello fuese a ser solo un vago recuerdo.

Pero todavía no se había marchado...

Se acercó a ella y la tomó entre sus brazos.

–Si no te hubiese dejado esta casa –le dijo–, hoy no estaríamos aquí.

–¡Qué horror! –respondió ella en tono de broma, pero mirándolo con deseo.

–Pediré que nos traigan unas pizzas para cenar –decidió Leonardo antes de inclinarse a besarla.

–¿Y la bodega?

–También te llevaré después. Aunque a lo mejor te parece un poco fría si bajas sin ropa.

Le gustó ver cómo se le dilataban las pupilas, y también le gustaba saber que había sido el primer hombre en acostarse con ella en tres años. Se prometió a sí mismo que haría que jamás olvidase aquel fin de semana.

La besó lentamente, intentando concentrarse en lo

que sentía Veronica, no él. Si ella no lo hubiese abrazado por el cuello, si no hubiese apretado los pechos contra el suyo, si no hubiese gemido...

El gemido le hizo perder la razón.

¡No podía ir despacio! De repente perdió el control y empezó a desnudarla allí mismo.

Capítulo 22

ES UNA de las mejores pizzas que he comido jamás –comentó Veronica.

Estaban sentados en la terraza, era de noche. Volvían a estar vestidos, por necesidad, porque hacía fresco.

–Por supuesto –respondió Leonardo orgulloso–. Es italiana. Aunque el vino es francés.

Por fin le había enseñado a Veronica dónde estaba la bodega. Estaba en el sótano y Veronica había confundido la puerta de entrada con un armario. Una vez allí, ella había mirado los huecos vacíos y había pensado con tristeza en todo el vino que debía de haber bebido su padre para enfermar de cáncer de hígado.

–No sabía que era francés –comentó, poniendo los ojos en blanco–. Aunque sea australiana, sé leer las etiquetas. También sé algunas palabras en italiano.

–¿De verdad? Dime alguna.

–A ver... *Pizza*, *arrivederci* y *grazie*, y *bellissima*.

–Cuando quieras darte cuenta estarás hablando como una nativa.

–Sí –respondió ella, mirándolo con los ojos brillantes por encima de la copa de vino.

Leonardo clavó sus ojos oscuros en ella.

–¿Y cómo es que tú hablas tan bien inglés? –le preguntó Verónica, dejando la copa y tomando su trozo de pizza.

–Lo aprendí en el colegio, pero, sobre todo, gracias al entrenador personal que mi tío contrató cuando empecé a interesarme en serio por el esquí. Solo me hablaba en inglés. Se llamaba Hugh Drinkwater y era todo un personaje. También era muy mal esquiador, pero eso daba igual porque yo tenía otro entrenador de esquí. Él me enseñó la disciplina del *fitness*. Y te aseguro que no hay nadie mejor que un inglés para enseñar disciplina. Había estado en el ejército y no había hecho prisioneros.

–Pero te caía bien –comentó ella, dándose cuenta de que Leonardo hablaba en tono cariñoso de él.

–Sí, supongo que sí, aunque era muy duro.

–Me imagino que sería necesario contigo, Leonardo.

–¿Qué quieres decir?

–Ya lo sabes, has sido un niño mimado toda la vida, necesitabas a alguien duro para ponerte en forma.

–Cualquiera diría que estabas allí –respondió él riéndose.

–Tengo razón. Bueno, ¿qué pasó al final? ¿Qué lesión te obligó a retirarte?

–Demasiadas como para nombrarlas todas. Me rompí prácticamente todos los huesos que uno se puede romper, uno detrás de otro.

–He leído que eras un esquiador muy osado.

–Es cierto que me gustaba correr riesgos. Tenía que hacerlo para ganar. Al parecer, me parezco a mi abuelo en eso. Aunque él se arriesgaba en los negocios, no en las pistas de esquí. Mi tío heredó su talento para hacer dinero, mi padre, no. Así que, cuando mi abuelo falleció, mi padre tomó la parte de dinero que le tocaba, metió algo en el banco y con el resto se compró un hotel.

Señaló con la cabeza hacia donde estaba el Hotel Fabrizzi.

–Mi padre es muy trabajador, pero es de gustos sencillos. Le va bien lo de llevar un hotel.

–¿Y tu madre? –preguntó Veronica–. ¿Le gusta vivir en Capri?

–Le encanta. Lo mismo que a mis hermanas. A mí también me encanta, pero en dosis pequeñas. Es un lugar demasiado tranquilo para mí. Cuando vinieron a vivir aquí, yo me quedé en Milán con tío Stephano. Quería ser esquiador profesional y eso no lo podía hacer aquí. Él me patrocinó y me enseñó el negocio textil cuando no era temporada de esquí. No hay nada que no sepa acerca de la fabricación y venta de telas.

–¿Todavía lo echas de menos? –volvió a preguntar Veronica–. ¿Esquiar?

Él se encogió de hombros, como hacía siempre que no quería responder a una pregunta, o enfrentarse a algo.

–No habrías podido hacerlo eternamente, Leonardo –añadió ella–. Si no te hubiesen retirado las lesiones, lo habría hecho la edad.

–Pero me hubiese gustado aguantar un poco más –replicó él–. Ese año era el favorito para el campeonato del mundo.

–Uno no siempre consigue lo que quiere en la vida, Leonardo –dijo Veronica con cierta amargura.

–Cierto.

Leonardo no se dio cuenta de que se sentía triste de repente, al pensar en la traición de Jerome.

Veronica se puso en pie porque sabía que estar activa era el mejor antídoto contra los pensamientos tristes. En casa se distraía trabajando. Si no tenía ningún cliente, hacía tareas domésticas.

–¿Qué haces? –le preguntó él.

–Recoger –respondió ella.

–Ya lo veo, pero ¿por qué? Puede esperar. Todavía no te has terminado el vino y yo estaba disfrutando de la conversación.

–¿De verdad?

–Sí. De verdad. Hablar contigo es como hacerlo con Laurence. Él conseguía que me abriese y le contase mis preocupaciones. Es un alivio tener a alguien en quien confiar, en especial, alguien agradable, que no te juzga. Y es mucho más barato que ir a terapia.

Veronica se quedó inmóvil, sorprendida.

–No te imagino yendo a terapia.

–Fui durante una temporada. La retirada del esquí me afectó mucho. Pero después me di cuenta de que darle vueltas a lo que sentía no me ayudaba, así que lo dejé.

Veronica posó los platos de nuevo en la mesa y se sentó.

–Sí, no estoy segura de que ese sea el modo de superar algo. Hoy en día, el mundo parece obsesionado con celebrar aniversarios, en especial, aniversarios de acontecimientos horribles. Yo pienso que no es bueno aferrarse al pasado. Hay que aceptar la realidad y seguir adelante.

Mientras decía aquello reconoció que era más fácil de decir que de hacer. Ella misma se había recreado en sus miserias hasta hacía poco tiempo, pero por fin había pasado página. Y dudaba que Leonardo fuese a hacerle daño. Para empezar, no se lo permitiría, y eso le hizo decidir que terminaría con su aventura al día siguiente. Seguir viendo a Leonardo era demasiado arriesgado. Era un hombre demasiado atractivo. Y demasiado bueno en la cama.

Pero no hablaría con él hasta que no llegase el momento adecuado. Esperaba que no se lo tomase mal.

Veronica tomó la copa de vino y le dio un buen sorbo.

–Este vino tinto se saborea –le dijo él–. No te lo bebas como si fuese agua.

–Vaya, discúlpame. Te dije que prefería el vino blanco, pero insististe en que probase el tinto. ¿Así mejor? –preguntó, llevándose la copa a los labios y dando un pequeño sorbo.

–Mucho mejor. Siento haberte parecido un esnob. Es que este vino en particular es uno de los mejores y hay que beberlo poco a poco para poder apreciarlo.

–Es cierto que sabe mejor así. Disculpas aceptadas.

–*Grazie* –respondió él sonriendo.

A Veronica se le encogió el corazón de nuevo e intentó buscar algún tema de conversación que no hiciese aumentar lo que sentía por aquel hombre.

–Dime, Leonardo. La noche que nos conocimos, años atrás, si yo hubiese accedido... ¿De verdad habrías hecho un trío conmigo y con aquella rubia?

A él le brillaron los ojos.

–Por supuesto. Aunque hubiese estado pensando en ti todo el tiempo. No te imaginas cuánto te deseaba.

–¿Tenías costumbre de hacer tríos? –volvió a preguntar ella.

–No. Ya te he dicho que esa noche estaba muy borracho.

–Pues a tus amigos no pareció sorprenderles la propuesta.

–Mis amigos también estaban muy borrachos. Y colocados.

–Sí, ya me di cuenta. ¿Y ahora? ¿Sigues tomando drogas?

–Yo nunca me he drogado, ni entonces ni ahora.

–Ah...

Veronica no sabía si creerlo, supuso que tenía que hacerlo.

–¿Y tú, Veronica? Tengo entendido que en la universidad a la que fuiste hay mucha droga. ¿Has coqueteado con ella?

–Jamás. Odio la droga.

–Eso está bien. Arruina la vida de la gente.

–Sí.

Ambos guardaron silencio durante unos segundos, fue Leonardo el primero en romperlo.

–Nos estamos poniendo demasiado serios. En cuanto terminemos el vino, deberíamos volver a la cama.

Su arrogancia la molestó, pero se le pasó al pensar en lo que iba a disfrutar.

Se terminó el vino pensando ya en lo que la esperaba. Diciéndose que sería ella la que le haría el amor. Primero con la boca, y después con todo el cuerpo. Sería ella la que se colocase encima, lo tendría a su merced. Disfrutaría de sus gemidos y le haría lo que él le había hecho a ella. No pararía hasta que Leonardo se lo rogase.

Capítulo 23

TENGO que marcharme.

Veronica levantó la vista del lavaplatos y vio a Leonardo duchado y vestido, con la bolsa de viaje en la mano. Ella seguía desnuda debajo del albornoz.

–Pero si todavía no has desayunado –le dijo.

Leonardo dejó la bolsa en el suelo y se acercó a abrazarla.

–Lo sé –murmuró contra su pelo–, pero son casi las once. Los clientes del hotel se habrán marchado ya y mi madre me espera para comer. Después, tengo que volver a Milán. Tengo una reunión importante mañana por la mañana. Además, será mejor que me marche mientras tu reputación siga limpia. Diré que he dormido en la habitación de invitados.

Ella se apartó y lo miró con frialdad.

–Me dijiste que no debía importarme lo que pensasen los demás.

–Pero mis padres son mis padres. No te preocupes, que volveré, pero no el próximo fin de semana. Tengo cosas que hacer.

–¿El qué?

–El sábado por la noche hay una fiesta benéfica con los patrocinadores de mi empresa, se celebra todos los años.

–Ah, y supongo que asistirás a ella con una elegante modelo colgada del brazo.

–No, ya te he dicho que no tengo novia, salvo tú. Si te lo pidiera, ¿me acompañarías?

A ella se le aceleró el corazón. Se sintió tentada a aceptar, pero recordó la decisión que había tomado la noche anterior de terminar su aventura esa mañana. Era una decisión dolorosa, pero necesaria.

–He venido aquí por mi padre, Leonardo, no para recorrer Italia e ir a fiestas. Y no soy tu novia.

–Podrías serlo. Solo tienes que quedarte aquí, en esta casa, y yo haré de Capri mi segunda residencia.

Veronica se sintió exasperada y tentada por la oferta. Leonardo no la quería para siempre, pero todavía no se había cansado de ella.

–No creo que funcionase, Leonardo –le contestó–. Yo no estoy hecha para ser la amante de nadie.

A él le brillaron los ojos.

–Yo no estoy tan seguro.

–Pues yo sí. Además, ¿qué pensarían tus padres? No de mí, sino de ti. Tendrían que aceptar que eres un playboy incorregible que no tiene ninguna intención de casarse.

–Tal vez pudieses hacerme cambiar de idea al respecto.

Ella se echó a reír.

–Por favor, no insultes a mi inteligencia.

Él frunció el ceño.

–¿Por qué insistes en pensar tan mal de mí?

–No quiero discutir, Leonardo. Este fin de semana lo he pasado muy bien y quiero recordarlo así.

–¿Hasta cuándo vas a quedarte?

–Mi vuelo de vuelta es dentro de tres semanas. Me marcho un domingo.

–Entonces, todavía estarás aquí el fin de semana después del siguiente.

–Sí...

–¿Por qué no nos vemos en Roma ese fin de semana? Para entonces ya habrás averiguado todo lo posible acerca de Laurence. Te enseñaré la ciudad y lo pasaremos estupendamente juntos. Mi tío tiene una casa en las afueras en la que nos podemos alojar. O, si lo prefieres, reservaré una habitación en un hotel.

«¡No le digas que sí!», se advirtió a sí misma Veronica. «Te arrepentirás».

Al menos, no le dijo que sí inmediatamente. Aunque tampoco que no.

–Lo pensaré –respondió.

Él sonrió, seguro de que la respuesta sería afirmativa.

–Te llamaré esta noche.

–No lo hagas, por favor.

–Te llamaré esta noche –repitió él, dándole un rápido beso antes de recoger la bolsa de viaje y marcharse sin mirar atrás ni una sola vez.

Veronica se quedó mirándolo, con el corazón acelerado y la cabeza aturdida. Porque ya estaba deseando escuchar su voz de nuevo.

«Tenías que haber puesto fin a esto ya, Veronica. Díselo esta noche. Sé fuerte. Sé firme. Cambia el vuelo y márchate antes. Vuelve a casa antes de que sea demasiado tarde».

No cambió el billete, por supuesto. Se pasó las siguientes horas buscando en los cajones de su padre, sin saber el qué. No encontró nada esclarecedor, solo facturas, tickets de compra, folletos y catálogos. No había nada acerca de ella, o el testamento. Después, intentó entrar en el ordenador, pero no sabía la contraseña y se le había olvidado preguntársela a Leonardo. Lo haría esa noche, cuando la llamase.

Aunque no estaba segura de que fuese a llamar. Tal vez fuese mejor así, porque no podía dejar de pensar en él. Ya no eran pensamientos lujuriosos, sino... románticos.

Veronica sabía que no podía pasar otro fin de semana con él, pero, al mismo tiempo, ¿cómo iba a resistirse?

Suspiró, se levantó del sillón de su padre y fue en busca de otra distracción. Encontró un montón de álbumes de fotos, numerados del uno al cinco, que recorrían la vida de Laurence desde que este había sido un bebé. Ella se parecía mucho a él y a la madre de él. El álbum número tres era todo de su boda con Ruth y la luna de miel, que habían pasado en Italia. En el cuatro aparecían durante los primeros años de su matrimonio, con muchas fotografías de Laurence trabajando y Ruth en el jardín. Veronica dio un grito ahogado al ver una instantánea de una fiesta en la que su madre, de fondo, servía las bebidas. Lo que más la sorprendió fue verla sonreír. Se preguntó si sería de después de haberse quedado embarazada. Nora siempre le había dicho que el día en que se había enterado de la noticia había sido el más feliz de su vida. Laurence no estaba en aquella fotografía, pero Ruth sí que aparecía, sonriendo como era habitual en ella.

El álbum número cinco estaba dedicado a los últimos años del matrimonio, con fotografías de vacaciones y de las obras que habían hecho en aquella villa. Al parecer, la habían comprado casi en ruinas, aunque con las mismas y maravillosas vistas. El álbum no estaba completo, terminaba con una fotografía de Ruth en la que se la veía muy frágil, y Laurence detrás de ella, con gesto de preocupación.

Veronica sospechó que las ganas de vivir de Laurence habían muerto con su esposa, que había sido entonces cuando había empezado a beber. Era muy triste. Podía haberse puesto en contacto con ella en vez de haberse puesto a beber, eso le habría dado una razón para vivir. Al parecer, después de aquello, Leonardo era la única persona que le había seguido importando.

Aquello le hizo pensar que debía de haber confiado mucho en él para nombrarlo albacea de su testamento, había debido de confiar en su integridad y honestidad.

Esas no eran virtudes que ella soliese atribuir a un playboy, pero Leonardo parecía tenerlas. Que no tuviese prisa por casarse y tener hijos no significaba que no fuese una buena persona. Él mismo le había hecho más de un comentario quejándose de que pensase tan mal de él. Veronica se prometió que sería más justa con él en un futuro. Aunque eso no cambiase nada. Seguía siendo demasiado peligroso volver a verlo. No quería enamorarse más. Sabía que ya iba a sufrir, pero podría sobrevivir.

Cerró el último álbum y lo dejó encima de los demás, y una hoja de papel cayó al suelo. Era una pequeña fotografía, de un bebé recién nacido. En el dorso estaba escrito su nombre, su fecha de nacimiento y el peso al nacer. Nada más.

¿Se la habría enviado su madre?

Solo había una manera de averiguarlo.

Fue con la fotografía a la habitación, donde había dejado el teléfono. Intentó calcular qué hora sería en Australia, pero no fue capaz.

Su madre respondió enseguida, no parecía estar dormida.

–Veo que sigues despierta –comentó Veronica, calculando que sería cerca de medianoche.

–Ya sabes que nunca me acuesto temprano. ¿Qué ocurre?

–Nada, solo quería preguntarte si tú le enviaste a mi padre una fotografía de mí recién nacida.

–Ah, sí, pero me pidió que se la enviase al trabajo, no a casa. No quería que su esposa la descubriese por error.

–Entonces, ¿yo le importaba?

Su madre suspiró.

–Supongo que sí, cariño.

–¿Supones?

–Parecía importarle mucho que te parecieses a él, que tuvieses sus genes. Ya sabes que vivía por y para su trabajo.

Veronica hizo una mueca.

–Da la sensación de que yo solo era un experimento para él.

–No, no. Yo no diría tanto. Es natural que Laurence quisiera saber cómo eras. Tienes que comprender... que es probable que hubiese querido conocerte, pero no podía. Adoraba a su esposa y eso era lo primero para él.

–¿Y por qué no se puso en contacto conmigo cuando ella falleció? –replicó Veronica.

–No lo sé, cariño. La vida y las relaciones son complejas. Y no siempre hacemos lo correcto. Yo diría que Laurence se arrepintió de muchas cosas cuando llegó su final. Tal vez intentó reparar su ausencia dejándote esa villa –le sugirió su madre–. Tienes que admitir que es un lugar muy bonito.

Veronica abrió la boca para contarle a su madre lo del informe de la agencia de detectives, pero la volvió a cerrar.

–Tal vez quisiera que vivieses allí –le sugirió su madre.

–Tal vez. Nunca lo sabremos, mamá. Pero no puedo vivir aquí.

No soportaba la idea de encontrarse con Leonardo cada vez que este fuese a casa, ni de estar cerca de donde estuviese él.

–¿Por qué no la dedicas al alquiler vacacional? Tú podrías ir también cuando quisieras.

–No, mamá. Necesito volver a casa –respondió ella con firmeza.

Su madre siempre la entendía, aunque no se lo contase todo.

–Es por ese hombre, ¿verdad? –adivinó–. Leonardo Fabrizzi.

–Sí, mamá.

–Te has enamorado de él, ¿verdad?

–Tal vez. Un poco. Bueno, más que un poco. Por eso necesito marcharme, porque Leonardo no es de relaciones serias.

–Es culpa mía, por animarte a que te divirtieras.

–No es culpa tuya, mamá. En cualquier caso, voy a cambiar el billete para marcharme de aquí antes de que vuelva.

–Cualquiera diría que le tienes miedo.

–No tengo miedo de él, mamá, sino de mí.

–¿Tan irresistible es?

Veronica cerró los ojos y lo vio en su mente.

–Para mí, sí –admitió.

–En ese caso, será mejor que vuelvas a casa.

Capítulo 24

CUANDO Leonardo recogió su coche en el aeropuerto de Milán ya había llegado a la conclusión de que se estaba enamorando por primera vez en la vida.

La comida con sus padres había sido un infierno, había tenido que mentir acerca de su relación con Veronica, pero no estaba seguro de haber conseguido engañarlos, incluso le habían sugerido que la invitase a pasar una temporada con él en Milán.

A él la idea no le parecía mal. De hecho, le parecía estupenda. Estaba deseando llamarla para decírselo.

Cuando llegó a casa, que no estaba lejos del aeropuerto, casi no podía contener la emoción. Aunque, por supuesto, no le diría que la quería. Era demasiado pronto. Ella había sufrido mucho con la muerte de su prometido y tenía que darle tiempo.

Se miró el Rolex y vio que eran las nueve y veinte, así que sacó el teléfono y corrió al piso de arriba para tumbarse en la cama.

Veronica tardó en contestar.

–Hola –dijo por fin–. Me alegro de que hayas llamado. Quería preguntarte algo.

Su voz era fría y profesional, como la primera vez que habían hablado.

–Dime.

–Necesito la contraseña del ordenador de Laurence.

Él frunció el ceño.

–¿Para qué?

–He estado buscando entre sus cosas y he pensado que debería revisar el ordenador también, a ver si encuentro alguna pista.

–¿Alguna pista, sobre qué?

–Para empezar, de por qué me dejó esta casa –le respondió ella–. Por cierto, ¿y su teléfono?

–¿Su teléfono?

–Sí. Me imagino que tendría un buen teléfono y que lo llevaría a todas partes.

–Sí. Lo tengo yo, en un cajón de mi despacho, junto con su cartera y su reloj.

–Ah.

–Si quieres, te los daré cuando nos veamos en Roma.

Ella dudó antes de contestar.

–Todavía... no he tomado una decisión.

Al menos no le había dicho que no.

–Si no te apetece ir a Roma, ¿qué me dices de Venecia?

–¿Venecia? –repitió ella.

–Sí. La ciudad del amor.

–Pensé que era París –dijo Veronica con frialdad.

–No pareces contenta –comentó Leonardo, incapaz de ocultar su decepción.

–Ya te he dicho, Leonardo, que pienso que es mejor que dejemos de vernos.

–Pero no lo has dicho de verdad.

–No estás acostumbrado a que las mujeres te rechacen.

–Es posible, pero créeme cuando te digo que lo nuestro es especial. Me gustaría que nos conociésemos un poco más.

Ella se echó a reír.

–Ya sé a lo que te refieres con eso de conocernos más y, lo siento, Leonardo, me gustas mucho, pero no creo que tengamos futuro.

–¿Cómo lo sabes?

–Lo sé, sin más.

–¿Es mi reputación lo que te preocupa?

–En parte.

–No soy tan malo como me pintan.

–Si tú lo dices...

No parecía convencida y Leonardo estaba empezando a desesperarse. Así que jugó su mejor carta.

–¿Y si fueras tú, la chica perfecta que Laurence dijo que llegaría a mi vida algún día?

La oyó tomar aire.

–Te lo estás inventando.

–No. Mira, estoy tan sorprendido como tú, pero seguro que te has dado cuenta de que la química que hay entre nosotros es más fuerte de lo habitual.

Ella no respondió, pero Leonardo oyó cómo se le aceleraba la respiración.

–No puedes volver a Australia hasta que no hayamos averiguado lo que sentimos realmente el uno por el otro.

–¿Me prometes que no me estás diciendo todo esto para que vuelva a acostarme contigo?

–Te lo prometo, porque me muera.

Veronica suspiró.

–Si estás jugando conmigo, Leonardo, te aseguro que morirás. Te mataré con mis propias manos.

Sus apasionadas palabras lo excitaron, y le dieron seguridad. Veronica tenía que sentir algo por él para decirle algo así.

–No estoy jugando contigo –le aseguró él.

–Eso espero.

–Veo que alguien te ha hecho desconfiar de los hombres, ¿verdad?

–Sí, un hombre muy egoísta que solo pensaba en él.

–Y piensas que yo soy igual.

–¿No es verdad?

–No.

–En ese caso, no me vuelvas a llamar hasta el próximo domingo por la noche, entonces te daré mi respuesta acerca del fin de semana siguiente.

–¿Por qué no quieres que te llame?

–Porque quiero que me demuestres tus buenas intenciones haciendo lo que te pido.

–Está bien –replicó él–. No te llamaré hasta el domingo por la noche.

Y colgó sin decirle adiós porque estaba muy enfadado. ¡Qué mujer tan complicada!

Capítulo 25

VERONICA no durmió bien aquella noche, estuvo dando vueltas en la cama hasta más de medianoche y se despertó al amanecer. Se arrepentía de haber tratado tan duramente a Leonardo mientras sabía que el domingo le diría que sí, que quería pasar el siguiente fin de semana con él. Lo que significaba que no iba a cambiar el billete de avión.

Una parte de ella, la romántica, quería creer que Leonardo se estaba enamorando de ella, pero la pragmática le decía que era demasiado bueno para ser verdad.

A las once de la mañana, después de que se hubiese pasado varias horas buscando en el ordenador de su padre sin encontrar nada, llamaron al timbre.

Era Carmelina, la hermana de Leonardo, que también debía de haber conocido bien a su padre.

–Buenos días, Veronica –la saludó–. Lo siento si te he despertado.

–No, llevo horas levantada. Es que me daba pereza vestirme.

Carmelina sonrió.

–He venido a limpiar. Seguro que mi hermano lo ha dejado todo desordenado.

–No, no te preocupes, eso puedo hacerlo yo, pero, dado que estás aquí, me gustaría hablar contigo acerca de mi padre.

Se tomaron un café juntas en la terraza. Hacía más calor que el día anterior y corría una ligera brisa.

–Ojalá no tuviese que vender la casa –comentó Veronica.

–¿Tienes que hacerlo? Me gustaría que te quedases a vivir aquí. Serías una vecina muy agradable.

–No me lo puedo permitir –admitió ella, sabiendo que sería casi imposible demostrar que Laurence había sido su padre.

–Si te casases con Leonardo –le sugirió Carmelina–, él pagaría los impuestos. Es muy rico.

Veronica sonrió.

–Todos queréis que Leonardo se case, ¿verdad?

–Sí, pero solo si es con alguien agradable. Como tú.

–Nos acabamos de conocer.

–Eso no importa. Yo quiero a mi Alfonso desde el primer día. Y a Leonardo le gustas mucho, es evidente.

–Sí, pero...

–Y él también te gusta a ti.

–Sí, pero...

Carmelina frunció el ceño y esperó a que continuase hablando.

–No pienso que Leonardo esté preparado para el matrimonio.

–Claro que lo está. Solo necesita que le den un empujón.

–Eso no siempre funciona, Carmelina. No con alguien como él. Tiene que tomar su propia decisión. Deberías decirles a tus padres que no insistan más.

–Laurence también pensaba que necesitaba un empujón.

–¿Qué?

–Que Laurence pensaba que estaba preparado para

casarse, pero que necesitaba a la mujer adecuada. Tal vez estuviese pensando en ti, Veronica.

La idea la sorprendió, pero se dijo que era posible. Tal vez fuese el motivo por el que le había dejado la villa y por el que lo había nombrado a él albacea del testamento. Para que pudiesen conocerse y enamorarse. No obstante, era una idea demasiado romántica, que no encajaba con lo poco que sabía de Laurence.

Pero podía ser verdad.

–Dime, Carmelina, ¿qué clase de hombre era mi padre?

Carmelina inclinó la cabeza y se quedó pensativa.

–Era muy inglés –respondió por fin–. No le gustaba mostrar sus sentimientos, como a los italianos. Cuando su esposa falleció, no lloró. Se quedó aquí sentado, sin hablar. Estuvo días y días así.

–Qué triste.

–Sí. Fue muy, muy triste.

–¿Fue entonces cuando empezó a beber tanto?

–Sí. Intentaba ocultármelo, pero yo veía las botellas vacías.

Veronica sintió que se le llenaban los ojos de lágrimas.

Se puso en pie.

–Creo que no quiero volver a hablar de eso nunca más.

Carmelina sacudió la cabeza y se levantó también.

–Eres igual que él. Te da miedo mostrar tus sentimientos. Ven, necesitas un abrazo.

El resto del día fue muy bien. Carmelina la ayudó a limpiar la casa y pusieron una lavadora con las sábanas y las toallas. Veronica se duchó y después fueron de compras. No querían comprar ropa ni comida, la idea era salir de tiendas. Cuando se cansaron, llamaron a Franco para que fuese a recogerlas y las llevase a casa.

–Parece que os habéis divertido –comentó él.

–Sí –admitió Veronica–. Carmelina es una guía turística estupenda, casi tan buena como tú.

–Sí –respondió él sonriendo–. Yo soy el mejor guía de Capri. Y tengo el mejor coche. Llámame si me necesitas, Veronica, no te cobraré.

–Eh, que se lo voy a contar a Elena –le advirtió Carmelina.

–No le importará. Elena sabe que la quiero, no se pone celosa.

Franco la dejó en la puerta de la villa y Veronica se despidió de los dos y entró en casa dispuesta a dormir la siesta, dado que no era tarde.

Así que fue directa al dormitorio, dejó el bolso junto a la cama, se quitó las sandalias y se dejó caer sobre la cama. Un minuto después se había dormido. Cuando se despertó se estaba poniendo el sol. Sacó el teléfono del bolso y vio que eran las seis y veintitrés. Había dormido más de tres horas.

Se levantó y fue al baño. Y entonces se dio cuenta de que todavía no tenía el periodo. No le preocupó, aunque solía ser muy puntual, los últimos días había vivido muchas cosas que podían haberle afectado como ya le había ocurrido después de la muerte de Jerome.

Al día siguiente, decidió hacer lo que el médico le había recomendado entonces: se levantó temprano y fue a dar un paseo antes de desayunar. Después, bajó al Hotel Fabrizzi y le preguntó a Elena si le podía prestar un mapa de la isla. Ella le señaló una estantería llena de mapas y folletos y Veronica tomó de allí lo que le interesaba.

–Gracias, Elena.

–De nada –respondió ella–. Mi madre me ha dicho que te invite a cenar hoy.

–Será un placer. ¿A qué hora vengo?

–A las siete. Y no comas mucho antes de venir. Mi madre da de comer a sus invitados hasta que revientan.

Veronica se echó a reír.

–Sí, ya me había dado cuenta.

–¿Has tenido noticias de Leonardo? –preguntó Elena.

–Me llamó el domingo por la noche para darme las gracias por haber dejado que se quedase en casa, pero después ya no he sabido nada de él.

Elena frunció el ceño.

–El domingo, en la comida, estaba extraño.

–¿Extraño? ¿Qué quieres decir?

–No lo sé. No era el de siempre. Estaba demasiado callado. Pensé que habíais discutido.

–No, no.

–Mamá no entiende a Leonardo. Tanto ella como papá lo presionan para que se case, pero todavía no está preparado.

–Nunca lo estará –sentenció Veronica, intentando convencerse a sí misma.

Elena la miró con sorpresa.

–Lo conoces muy bien para haberlo tratado tan poco tiempo.

–En realidad, lo conocí hace muchos años. Y ya me di cuenta de la clase de hombre que era.

–No es una mala persona –lo defendió Elena.

–No, pero es muy inquieto y nada en la vida lo satisface. No ha superado el haber tenido que retirarse del esquí. Espero que tus padres no piensen que se va a casar conmigo, porque no va a ser así.

Elena suspiró.

–Deben de albergar ciertas esperanzas, Veronica. No les digas nada de esto esta noche, por favor.

–De acuerdo, me pondré en el papel de feliz turista.

–Eres mucho más que una turista. Eres la hija de Laurence.

Veronica se marchó del hotel con el mapa y varios folletos, preocupada por la conversación que había mantenido con Elena. Tal vez porque por fin había aceptado que amar a un hombre como Leonardo solo le iba a causar dolor.

Así que dedicó el día a visitar Capri y Anacapri, y después volvió a casa, se dio una ducha y durmió un rato antes de vestirse para la cena. Se puso unos pantalones de algodón negros, un top y un chal blanco y negro encima, y se dejó el pelo suelto.

–Estás preciosa –comentó Sophia antes de darle el abrazo de rigor–, pero te ha dado mucho el sol, ¿no?

–Sí –admitió Veronica–. Me he quitado el sombrero en la playa y, entre la brisa y el agua, no me he dado cuenta de que me quemaba.

–Un poco de sol no le hace daño a nadie –comentó Alberto, acercándose también a darle un abrazo.

Veronica se preguntó si se acostumbraría a los abrazos, pero se dio cuenta de que no le haría falta. Pronto estaría de vuelta en Australia, donde las demostraciones de afecto eran mucho menos efusivas.

La idea la deprimió.

–Esta noche no tenemos a nadie alojado –le contó Sophia–. Podemos cenar en el salón si quieres. O en la mesa de la cocina.

–En la cocina, por favor.

Sophia sonrió, satisfecha por la respuesta.

–Bien. Ven. Alberto quiere que pruebes el *limoncello* de Alfonso antes de cenar.

La mesa de la cocina era muy grande. Sophia había puesto tres platos en un extremo. La comida era sencilla, pero deliciosa, un plato de espaguetis con albóndigas. Bebieron vino que también era de Alfonso y tomaron de postre una tarta de coco. El café de después le pareció muy fuerte, pero Veronica no dijo nada, se limitó a ponerle leche y azúcar y se dijo que aquella noche no se dormiría hasta muy tarde.

Aunque no le importaba. Al día siguiente no tenía nada que hacer.

La cena terminó sobre las nueve. Para su sorpresa, ni Sophia ni Alberto mencionaron a su hijo. Ella, a su vez, resistió la tentación de preguntarles por su padre y decidió limitarse a disfrutar de la compañía.

Tras otra ronda de abrazos y con la promesa de comer con ellos el domingo siguiente, Veronica salió del hotel pensando en lo agradables que eran los padres de Leonardo, mucho más que los de Jerome.

«Jerome...».

Por primera vez consiguió pensar en él y no disgustarse. Por fin podía pensar en lo que él le había hecho de manera objetiva. La había engañado con otra mujer, una mujer casada que no iba a separarse de su marido ni a dejar a sus hijos, y por eso Jerome había decidido casarse con ella. Y Veronica jamás se habría enterado de nada si la otra mujer no se hubiese presentado en el velatorio de Jerome para confesarlo todo.

Veronica seguía odiando a Jerome y a su amante, pero ya no podían destrozarle la vida. Por fin se había liberado de ellos.

Gracias a su padre. A su padre y también a Leonardo.

Suspiró. Leonardo no iba a cambiar.

Pero ella tampoco iba a resistirse a la tentación de pasar otro fin de semana a su lado, sobre todo, si podían ir a Venecia. Si le iban a romper el corazón, que se lo rompiesen en Venecia.

Decidió que le daría la buena noticia cuando la llamase, el domingo por la noche.

Capítulo 26

CUANDO llegó el viernes por la mañana, Verónica empezó a preocuparse porque seguía sin el periodo. Sabía que las probabilidades de que estuviese embarazada eran pocas, pero podía haber ocurrido.

¿Y si estaba embarazada? ¡Qué desastre!

Se dijo que no se sentía embarazada, así que se levantó, se vistió y decidió seguir haciendo turismo por la isla, sin pensar en que llevaba dentro un hijo de Leonardo.

Pero la idea la acompañó durante todo el día. Sobre todo, porque sabía que Leonardo querría casarse con ella. Y no quería casarse con un playboy. Aunque estuviese enamorada de él y supiese que, si le pedía en matrimonio, le diría que sí. Porque ella había crecido sin padre y no deseaba lo mismo para su hijo.

Además, Leonardo sería un buen padre, pero muy mal marido. Y seguro que le sería infiel. Eso no lo podría soportar, sobre todo, después de la experiencia con Jerome. Cuando se casase, si se casaba, lo haría con alguien que la adorase tanto que ni siquiera mirase a otras mujeres.

Sacó la llave del geranio, entró en la casa, se lavó las manos y fue a prepararse un café. Con la taza calentándole las manos, salió a la terraza para ver si las vistas la tranquilizaban, pero por primera vez desde que había llegado allí ni siquiera encontró la paz clavando la mirada en el Mediterráneo. Estaba demasiado preocupada. Sintió la tentación de llamar a su madre, que era mucho menos dramática que ella.

Sabía que había pocas posibilidades de haberse quedado embarazada, pero necesitaba que alguien la reconfortase. Calculó qué hora sería en Australia: las seis de la mañana, hora a la que solía levantarse su madre.

Pero decidió prepararse antes algo de comer. Una hora después, tomaba el teléfono.

–¿Veronica? –respondió su madre–. ¿Qué ocurre?

–Nada, espero –respondió ella.

–No pareces muy convencida.

–Lo siento, mamá, no pretendía alarmarte. Solo quería contarte algo. Ya sabes que siempre soy muy regular. Con el periodo, quiero decir.

–Sí...

–Pues tengo retraso.

–Ah.

–No creo que esté embarazada, pero sería posible si mi ovulación se hubiese retrasado.

–¿Me estás diciendo que has tenido sexo sin protección con ese playboy? –preguntó su madre con desaprobación.

–Sí. Me temo que sí –confesó Veronica.

–¿Pero cómo es posible? Pensé que el tal Leonardo Fabrizzi sería más cuidadoso.

–La primera vez, ocurrió sin que nos diésemos cuenta. Es decir, que nos dejamos llevar.

–Tú no eres así.

–No, pero lo hice. Y le dije que no se preocupase porque yo pensaba que no estaba ovulando, pero él entendió que tomaba la píldora.

–Tú le diste a entender que tomabas la píldora.

–Sí.

–Y después le pareció bien seguir sin utilizar preservativo, como a cualquier hombre.

–Sí –repitió Veronica suspirando.

–Vaya...

–Piensas que estoy embarazada, ¿verdad?

–No necesariamente, pero deberías comprar un test de embarazo y averiguarlo. O, mejor, compra dos por si acaso.

–Buena idea. Muchas gracias, mamá. Siempre sabes qué hacer.

–No siempre. Ya me contarás qué ocurre y qué haces si resulta que estás embarazada.

–Volver a casa.

–¿Y qué más?

–No lo sé todavía. Ya lo decidiré llegado el momento.

Capítulo 27

EL TEST dio negativo. ¡Negativo!

Veronica sollozó aliviada y lo tiró a la papelera del cuarto de baño. Habían pasado nueve días desde que había hecho el amor con Leonardo por primera vez y el resultado debía de ser el correcto, aunque, no obstante, había hecho caso a su madre y se repetiría la prueba varios días después.

Al menos no tenía que preocuparse de la comida con la familia Fabrizzi, no tendría que fingir que todo iba bien.

Antes de marcharse a comer, le mandaría un mensaje a su madre.

–Veronica –le susurró Elena durante el postre–. Después de la comida necesito hablar contigo.

Habían estado sentadas al lado, en medio de la larga mesa que había debajo de la pérgola.

–De acuerdo.

Veronica se preguntó de qué querría hablarle. Seguro que de nada bueno.

Cuando terminaron de comer, dio las gracias y los abrazos de rigor y le preguntó a Elena:

–¿Podrías acompañarme a casa un momento? Sé que se te da bien la tecnología y necesito ayuda con el ordenador de Laurence.

Elena sonrió.

–Sí, por supuesto. Franco, ¿puedes ocuparte de los niños?

De camino a la casa, Elena le preguntó si iba a volver a ver a Leonardo y si estaban en contacto por teléfono.

–Va a llamarme esta noche.

–¿Sabes adónde fue anoche? –le preguntó Elena con el ceño fruncido.

–Sí, a una fiesta benéfica en Milán.

–Sí, y fue con Lila Bianchi. Una modelo italiana. Toda una belleza. Y muy sexy.

–Me dijo... que iba a ir solo –balbució Veronica.

–Lo sabía –respondió Elena–. Estás enamorada de él.

Una vez en la casa, Elena le enseñó las fotografías que habían salido en los medios, en las que aparecía Leonardo con la tal Lila, bailando, en una, ella le besaba en la mejilla, y en otra, se les veía agarrados del brazo entrando en un bloque de apartamentos.

Veronica sintió náuseas.

–No quiero ver más –le dijo a Elena.

–Mi hermano no te merece –le dijo esta–, pero no le digas que te he enseñado las fotos, por favor, se enfadaría mucho conmigo.

–No le diré nada. Pondré una excusa y volveré a casa cuanto antes.

–Ahora me siento fatal. No tenía que haberte dicho nada. Te he estropeado las vacaciones.

Veronica sonrió con tristeza.

–Has hecho lo correcto, Elena. Y gracias. No te preocupes por mí. Ahora, vuelve con tu familia, yo voy a intentar cambiar el vuelo.

Cuando Elena se marchó, ella se sentó en la terraza

e intentó tranquilizarse, pero no pudo evitar ponerse a llorar, decepcionada a pesar de que había sabido desde el principio que Leonardo era un playboy.

Entonces se limpió las lágrimas y decidió hacer lo que le había dicho a Elena: cambiar el billete y marcharse a casa.

Capítulo 28

LEONARDO necesitó descansar el domingo por la tarde después de la fiesta del sábado, que había sido una pesadilla. Lila no lo había dejado en paz en toda la noche.

Se miró el reloj, eran las cuatro. Le había dicho a Veronica que la llamaría por la noche, pero ya estaba deseando oír su voz.

Estaba agotado. Bostezó, cerró los ojos y se durmió.

Veronica no consiguió vuelo para antes del miércoles por la mañana, así que decidió que el martes se iría a Roma y pasaría la noche en uno de los hoteles del aeropuerto.

Pasó el resto de la tarde ocupada para no caer en una depresión. Hizo la maleta, limpió el baño y después se sentó en el salón a leer uno de los libros de su padre.

Cuando sonó el teléfono, sobre las siete, estaba triste y muy enfadada.

–Leonardo –respondió–. Te has acordado de llamar.

–Por supuesto –le dijo él–. ¿Dudabas de mí?

–Ya sabes que tengo poca fe en el sexo opuesto –añadió Veronica–, pero me alegro de que hayas llamado.

Por desgracia, mi madre no se encuentra bien y tengo que volver a casa antes de lo previsto, así que me temo que no podremos pasar juntos el próximo fin de semana.

–Ah.

–Lo siento, pero la familia es lo primero. Mi vuelo sale el miércoles por la mañana. De todas maneras, lo nuestro no iba a ninguna parte, ha sido solo una aventura, ya lo sabes.

–Pues no, no lo sabía. Empezó así, pero yo estaba empezando...

Parecía decepcionado.

–Lo siento –repitió ella–. Ya te lo advertí. Ahora, con respecto a la casa...

–¿Quieres que hablemos de negocios? –preguntó él con sorpresa–. Ahora no puedo, Veronica, ya me pondré en contacto contigo por correo electrónico cuando estés en Australia. Adiós.

Y colgó.

A ella le sorprendió su brusquedad y entonces fue consciente de que no volverían a besarse. De que no volvería a estar entre sus brazos. Jamás...

Y se puso a llorar desconsoladamente.

Capítulo 29

EL TIEMPO se le hizo eterno hasta el martes. Llamó a su madre para avisarla de su llegada, lo preparó todo para marcharse y decidió hacerse el segundo test de embarazo.

Lo llevó al baño, se lo hizo y lo dejó sobre el lavabo. Después se marchó, incapaz de quedarse allí mirando el dispositivo. Tras pasar varios minutos paseando nerviosa por la habitación, volvió a mirar el resultado.

–¡Oh, no! –gritó–. ¡No es posible!

Pero sí que lo era, estaba embarazada de Leonardo Fabrizzi.

Se inclinó sobre el váter y vomitó la cena, se lavó los dientes y volvió al dormitorio, donde se dejó caer en la cama mientras se preguntaba cómo era posible que hubiese ocurrido aquello.

Pensó que Leonardo se iba a enfadar todavía más cuando le diese la noticia, pero tenía que contárselo porque quería que su hijo creciera sabiendo quién era su padre.

Se preguntó cómo sería ser madre y se dijo que sería una buena madre, cariñosa y comprensiva, pero no demasiado protectora. Como su madre.

A la mañana siguiente, desayunó bien, recogió los platos, tomó su maleta y a las ocho y media estaba dejando la llave en el geranio. Franco había insistido en que la llevaría al embarcadero desde el hotel. Así que, después de quedarse unos segundos en la terraza, admirando las vistas, empezó a bajar por el camino con lágrimas en los ojos. Uno de los tacones se le enganchó en una piedra y cayó hacia delante, gritando. Se golpeó la cabeza con algo duro y todo se volvió negro.

Veronica se despertó sintiéndose aturdida y con dolor de cabeza, en un dormitorio extraño, con un hombre al que no conocía sentado al lado de su cama.

–¿Dónde estoy? –preguntó–. ¿Y quién es usted?

–Estás en el Hotel Fabrizzi y yo soy el doctor Waverly. ¿Qué tal te encuentras?

–Fatal.

–Ya me imagino. Te caíste y has estado inconsciente durante algo más de un día.

–¡Dios mío! Habré perdido el vuelo. Tengo que llamar a mi madre para decírselo.

–Ya lo ha hecho Leonardo.

–¿Que Leonardo ha hablado con mi madre?

–Eso parece. Y también quiere hablar contigo. ¿Le digo que pase? Está fuera.

–¡No!

–Ya sabe que estás embarazada, Veronica.

–¿Cómo lo sabe? –balbució ella.

–Porque has estado hablando de ello cuando estabas semiinconsciente. Te preocupaba perder el bebé.

–Ah...

–El bebé está bien.

Veronica cerró los ojos, aliviada. Estar embarazada de Leonardo no era lo ideal, pero no quería perder el bebé.

–Es cierto que estás embarazada, ¿no? –le preguntó el médico.

Ella asintió.

–Me he hecho un test de embarazo, pero Leonardo no tiene de qué preocuparse, no pretendo atraparlo. De todos modos, jamás me casaría con él.

El médico sacó una jeringuilla para extraerle sangre y, al mismo tiempo, le preguntó:

–¿No lo amas?

Ella se negó a contestar, estaba hecha un lío, enfadada, agobiada. Leonardo estaba allí. ¡Y había hablado con su madre! ¿Qué le habría dicho Nora?

El médico se puso en pie.

–Voy a decirle a Leonardo que entre.

Antes de que a Veronica le diese tiempo a protestar, el médico salió y entró Leonardo con ojeras y gesto de preocupación.

Tras dudarlo un instante, cerró la puerta y se sentó en la silla que el médico había dejado vacía.

–El doctor Waverly dice que necesitas descansar unos días más –empezó en tono frío–. Tienes la tensión muy alta.

–Me encuentro bien –respondió ella, apartando la mirada.

Ambos guardaron silencio.

–¿No me ibas a contar que estabas embarazada? –le preguntó por fin Leonardo–. ¿O solo he sido un donante de esperma, como Laurence?

Aquello la indignó.

–¿De verdad piensas que me quedaría embarazada de ti a propósito? ¿O que me gustaría ser madre soltera? Sé muy bien lo dura que es esa vida.

Él asintió.

–Es cierto, y no pienso que planearas quedarte embarazada, pero nunca has tomado la píldora, ¿verdad?

–¿Te lo ha dicho mi madre?

–No. Me lo he imaginado yo. Tu madre sí que me ha hablado de lo que ocurrió con Jerome, supongo que quería que yo entendiera por qué desconfiabas tanto de mí. Por cierto, que también me dijo que te habías hecho un test de embarazo y había dado negativo.

–El primero dio negativo –murmuró ella–. El segundo, positivo. El doctor me acaba de sacar sangre para comprobarlo. Supongo que querrás una prueba.

–No, sé que no me mientes, pero me mentiste acerca de la píldora, ¿verdad?

–En realidad me preguntaste si era posible que me hubiese quedado embarazada y yo te dije que no. Porque siempre soy muy regular y, sinceramente, pensé que no corría ningún riesgo. Tú diste por hecho que tomaba la píldora y yo no te saqué del error.

–Entonces, ¿qué ha pasado?

–¡No lo sé! Supongo que el descubrir quién era mi padre me ha alterado el ciclo. Cuando vi el positivo no me lo podía creer.

–¿No quieres un hijo mío, Veronica?

Ella abrió la boca y la volvió a cerrar. No podía volver a mentirle, así que no dijo nada.

–Porque yo sí que lo quiero –admitió Leonardo–. Y te quiero a ti. Te amo, Veronica.

Ella abrió mucho los ojos, sorprendida.

–Solo lo dices porque estoy embarazada.

–No tengo la costumbre de mentir –le respondió él–. Por cierto, que Elena me ha contado lo de las fotografías de la fiesta y te aseguro que no te he mentido. Fui a la fiesta solo, pero Lila se me pegó nada más llegar y no conseguí quitármela de encima, pero solo quería poner celoso a su novio, con el que había tenido una pelea. Te lo iba a contar todo cuando te llamé el domingo, pero no me diste la oportunidad.

Veronica lo miró fijamente, sin parpadear. ¿Estaría diciendo la verdad?

Leonardo se inclinó y tomó sus manos.

–Me importas, Veronica. He tardado en aceptar mis sentimientos, pero son reales. El domingo me quedé destrozado cuando me dijiste que te marchabas porque pensaba que yo también te importaba a ti.

–Y... me importas –le confesó ella–, pero...

–Pero piensas que soy un playboy incapaz de comprometerme.

–Sí.

–Te amo, Veronica. Te amo más de lo que jamás había creído posible. ¿Tengo alguna posibilidad?

Ella no pudo contestar. Los ojos se le llenaron de lágrimas. Aquello era demasiado bueno para ser verdad, casi no se lo podía creer.

–Veo que sigues sin confiar en mí, y lo entiendo, pero, si me dices que tú también me amas, moveré cielo y tierra para demostrarte que soy un hombre de palabra.

–Te amo, pero... ¿qué me propones para demostrármelo?

–Para empezar, no voy a pedirte que te cases conmigo, aunque eso sea lo que querría hacer, ni que vengas a vivir a mi casa de Milán. Tu madre me ha dicho que soy bienvenido en su casa, así que te propongo irme contigo a Australia, pero sin que durmamos juntos ni tengamos sexo, para demostrarte la clase de hombre que soy, que voy a ser un buen marido y un buen padre.

–¿Harías eso por mí? –le preguntó Veronica, abrumada por la emoción.

–Haría cualquier cosa por ti.

Tres meses más tarde, después de haber ido al médico para la primera ecografía, en la que les dijeron que el bebé estaba bien y que era un varón, Leonardo invitó a Veronica a cenar y le pidió que se casase con él.

–Tú eras la mujer perfecta de la que Laurence me había hablado –admitió Leonardo mientras le ponía el anillo de diamantes en el dedo–. Esto es lo que él quería.

–Yo también lo había pensado –respondió Veronica, sorprendiéndolo.

Leonardo se alegró de no haberle contado lo que había encontrado en el teléfono de Laurence, que había hecho búsquedas acerca del reloj biológico de la mujer antes de viajar a Londres a cambiar el testamento.

Independientemente de la motivación de aquella decisión, había salido bien.

«He encontrado un nuevo sueño, Laurence. Un sueño mejor. Voy a ser el mejor marido y padre de toda Italia. ¡Tal vez del mundo entero!», pensó.

Miró a Veronica, que estaba tocando el anillo, pensativa.

–¿Qué ocurre?

–Me preguntaba... si podría pasar la noche contigo en la habitación de invitados.

Leonardo respiró hondo, presa de la emoción. Siempre había pensado que no había nada mejor que la sensación de ganar una carrera de esquí.

Había estado muy equivocado.

Epílogo

Marzo del año siguiente

–Estás preciosa –le dijo su madre, emocionada.

Estaban en la habitación principal de la villa de Laurence, preparándose para la que iba a ser la boda del año en Capri, con más de trescientos invitados procedentes de todo el mundo. Se iban a casar en Santo Stephano, la principal iglesia de la isla, e iban a celebrar la recepción en un hotel de cinco estrellas, el Grand Hotel Quisisana.

Veronica no quería ni pensar en cuánto iba a costar todo aquello, de eso se encargaba Leonardo.

El vestido, de uno de los mejores diseñadores de Milán, también se lo había regalado él. Era largo, de raso blanco, de corte princesa, sin mangas y con escote redondo. Encima llevaba un abrigo de encaje blanco, con manga larga y cola. Solo tenía un botón, justo debajo del pecho, que en realidad era un broche hecho de perlas y diamantes, lo mismo que los pendientes que Leonardo le había dado como regalo de boda. Llevaba el pelo recogido, adornado con una corona de flores de la que se prendía un pequeño velo que le cubriría el rostro al llegar a la ceremonia.

Veronica miró a su madre y sonrió:

–Estoy guapa, ¿verdad?

–Preciosa. Laurence estaría muy orgulloso.

–Seguro que sí –respondió ella en tono apagado.

–Pero hoy no es un día para estar triste. Vas a casarte con un hombre bueno y generoso, pero antes tenemos que salir a la terraza a hacernos las fotografías.

Allí las esperaban Elena y Carmelina, vestidas de azul claro, Franco y Alfonso de esmoquin, y los niños, que participarían en la boda las niñas portando flores y los niños haciendo de pajes, y que habían prometido portarse bien.

Nora también iba muy elegante con un vestido amarillo pastel, Veronica nunca la había visto tan feliz. Su madre iba a ir a vivir a Capri, a la casa de Laurence, que cuidaría para cuando fuesen ellos, que sería con frecuencia.

Veronica y Leonardo ya habían preparado la casa de Milán para vivir con el bebé.

También estaba invitado a la boda el doctor Waverly, que sería el padrino, dado que había sido un buen amigo de Laurence y habían tenido más o menos la misma edad.

Tardaron un rato en hacerse las fotografías. Había nubes, pero, afortunadamente, no llovía. El tiempo en marzo, en Capri, podía ser muy caprichoso. Justo cuando se iban a marchar hacia la iglesia, el sol iluminó la casa y Veronica pensó en su padre.

«Su padre...».

Nada de aquello habría ocurrido de no haber sido por él.

–Gracias, papá –murmuró al cielo, con gratitud y amor–. Gracias.

El niño nació en mayo, tres semanas antes de lo previsto, impaciente por llegar al mundo. Le pusieron de nombre Antonio Laurence Alberto Fabrizzi. Su abuelo estaba encantado. Por fin, un niño que llevaría su apellido. Las dos abuelas de Antonio estaban completamente cautivadas por el bebé, aunque no tanto como sus padres, que prometieron ampliar la familia en cuanto les fuese posible.